藤倉孝純
Fujikura Takasumi

魂の語り部
ドストエフスキー

作品社

魂の語り部　ドストエフスキー

はじめに

「……前に光明であり真理であると思い込んでいた思想の虚偽と不正をついに確信する」までに、どれほど大きな苦悩を体験しなければならなかったのか、ドストエフスキーは『作家の日記』の一節で述べている。かれはその体験を、「私の信念の更生の歴史」と呼んだ。こう述懐した時、彼は五十二歳、ペトラシェフスキー事件から起算すると、実に二十五年の年月が経過していた。「前に光明である」と思いこんだ思想が、フーリエのキリスト教的社会主義を指すのは前後の文脈から明らかである。若い頃、ドストエフスキーは秘密結社に加わり、ためにシベリアで懲役・流刑の十年を余儀なくされた。「信念の更生」とは、かくも長い年月にわたる心労を人に与えずにはおかない。本書は彼の五編の作品を手掛かりに、更生の推移を確かめようとするものである。

第一章の『スチェパンチコヴォ村とその住人』は、かれがまだ流刑地にいた時、検閲の無事なパスと首都の雑誌に載ることを願いながら生まれた作品である。検閲を恐れるあまり、作品の仕上がりはその分内容の薄いものとなった。この時期、ドストエフスキーが理想的な社会の建設という夢にまだ未練を残しているのが分かる。

第二章の『死の家の記録』は流刑中に執筆が始まり、首都帰還後、雑誌に連載された。地獄さながらの監獄の雑居房で暮らす囚人たちの苦しみ、怒り、笑い等の日常を細緻に描いたヒューマン・ドキュメントである。ロシア文学の伝統を踏まえてリアリズム手法に徹したドストエフスキーの筆致が光る。

第三章は本書で唯一、論文を取り上げた。ロシア思想界に三十年以上に及ぶ分裂をもたらしたスラヴ派対西欧派の論争に、ドストエフスキーは「土地主義」という独自の立場から介入した。この時期彼の思想的な位置は両派の中間であることが判明する。

第四章は『夏象冬記』（＝『冬に記す夏の印象』）という表題を持つ社会評論とも、旅行記とも、またエッセーとも読める作品を検討した。ドストエフスキーが四十三歳の時、ヨーロッパ旅行をした折の見聞が基になっている。この作品は、彼が憧れの西欧社会の実相を肌で感じて、それに幻滅し、ロシアへ、スラヴへと回帰するデリケートな心情が綴られている。

第五章『地下室の手記』は難解な書として知られている。通常、チェルヌイシェフスキーが主張した「合理的エゴイズム」論に反論した論争の書として読まれている。しかし、本書著者はその立場を採らない。本書は一八四〇年代の彼の世界観、文学理念を過激なまでに批判、再検討したものである。彼が新しい文学観を確立した記念碑的労作である。「魂の語り部」としてのドストエフスキーの姿がはじめて現れる。

以上「目次」の簡単な紹介から分かるように、本書は三十年余に及ぶドストエフスキーの創作活動のごく一部を考察の対象としたものである。本書著者はなぜこの時期のドストエフスキーにこだわるのか――、以下、若干私事《わたくしごと》に触れる。

著者は二十歳の頃、マルクスの初期哲学に感銘を得て、それを機に学生運動へ加わり、社会人となった後も労働運動、党派の行動に参加して四半世紀を政治の世界で過ごした。その間、著者は忘れようとしても忘れることのできない一事件に遭遇した。一九七二年、連合赤軍派による同志殺害事件が明るみになった。十四名のリンチ・殺害事件は、多くの人に甚大な衝撃を与えた。

この事件は著者の生活の全根拠、精神的、思想的、理論的基盤を一挙に崩壊させた。自我が崩壊したのである。突然暗転した状況の中で、著者は文字通り自失の日々を過ごした。その間去来した著者の苦悩は、この事件をどのような視点から批判すべきなのか、その基軸が見えないところにあった。事件の詳細が明らかになり、多少とも事件を冷静に考えられるようになった時、一つだけヒントを摑めた。この事件は政治路線の対立とか、戦略・戦術の誤りといった政治次元で批判しても本質的な批判へは至らない。

それ以降、著者はドストエフスキー文学に傾注した。かれが政治に挫折し、再起を果たした作家であることを知った。その際、彼の関心が人間の内面へ、実存へ向かう点に強く共鳴した。社会変革の事業は、人びとが人間として成長する、いわゆる自己変革の道程と並行しない限り必ず過ちを犯す――、ドストエフスキーは彼自身の体験をふまえて、そうわれわれに語りかけている。

著者積年の課題を究明する上で、なにほどか益することを念じて、著者は本書を渾身の力を込めて執筆した。

目次

第一章　「新しい村」造りの破綻――『スチェパンチコヴォ村とその住人』――

第一節　もつれた結婚話

一八五四年二月の中頃、ドストエフスキーはオムスクの監獄当局から「シベリア独立軍団第七守備隊」の一兵卒としてセミパラチンスクへ転任を命ぜられた。かれは四年の懲役を終えて、流刑囚の身となって中央アジアへ行く。三十三歳の時である。セミパラチンスクは今は、カザフスタン共和国北東にある東セミパラチンスク州に編入されている。ソ連時代には大規模な核実験場が作られて、一九四九年から四十年間で四百回以上もの核実験が繰り返された地域として世界中に知られている。十八世紀の初頭に国境警備のために要塞が築かれ、それ以来政治犯の流刑地としても利用されてきた。ドストエフスキーが転任命令を受けた時、かれは健康を害して入院中であった。かれは三月になってセミパラチンスクへ移った。

かれは兄へ送った手紙の中でこの地を、

あけっ放しの曠野で、夏は長くて暑く、冬はトボリスクやオムスクより短いけれど、しかし、峻烈です。植物は何ひとつなく、木一本もありません、――まったくの曠野です。町から何露里かのところに松林があります。何十露里、もしかしたら何百露里もあるかもしれません。▼1

セミパラチンスクの寒気は、零下三十度にまで下がり、オムスクよりさらに厳しいと記している。しかし、ドストエフスキーはこの地ですぐに体力を回復した。転任してまもなくかれは粗末な百姓小屋ではあったが、そこで一人で暮らすことができるようになった。「窮屈な、苦しい、辛い不自由な」監獄からやっと解放されたのだ。四年振りに、孤独になることができ、一人きりで思索に耽ることができ、ゆっくりと手紙を書くことができ、落ち着いて読書ができる生活が始まった。この新しい環境がかれの健康にすぐに良い結果をもたらした。かれは兄への長文の手紙（一八五四年二月二十二日）で、カント、コーラン、特にヘーゲルの『哲学史』を送ってくれと頼んでいる。手紙の最後に「これからは、たくさんの長編や戯曲を書きます」と創作への希望も記している。この「戯曲」に注目したい。この点は後段で若干コメントする。

流刑地での最初の一年は、一兵卒としての教練に追われて生活にゆとりがなかったが、翌年の春に家庭教師のアルバイトを始めた。そこで彼は、後に妻となる運命の女性、マリア・ドミトリエーヴナと知り合った。ヴランゲリ男爵は、彼女の第一印象を「痩せ型、中背、なかなかいい金髪の、情熱的な激しい気性の女であった。もうその頃から蒼白い頬に不吉な紅がさしていた」と彼の『回想』で述べている。
ヴランゲリ男爵はその年の十一月に、検事としてペテルブルグから当地へ赴任してきた。ドストエフスキーは短い期間ながらヴランゲリ男爵から経済面でも、精神的な支えという点からも、実に多大な支援を受けた。男爵はペテルブルグのしかるべき要路に働きかけてドストエフスキーが熱望している軍役の免除、出版許可、首都への帰還等に尽力してくれた。それだけではない。ドストエフスキーとマリアの恋の仲立ちまで世話してくれた。男爵がセミパラチンスクという僻遠の地に赴任したのは、彼の希望だったのか、それとも偶然であったのか、著者には調べがつかなかった。先輩諸兄姉のご教示を戴ければ幸いである。

一八五五年に、ロシア全土を揺るがす大事件が起こった。クリミア戦争の敗北が濃厚となっている最中に皇帝ニコライ一世が病没した。ニコライ一世は、一八二五年十二月デカブリストの反乱を一万三千の軍隊をもって鎮圧することによって、皇位に就いた言わば「血塗られた」人物で、この男は「自分の在世中にロシアに革命は絶対許さない」という革命予防政策を施政の基本としていた。そのために従来あった秘密警察のほかに、皇帝直属の「第三課」という秘密憲兵組織を作りあげた。スパイを多用し、民衆に密告を奨励し、ロシアを政治警察の社会に変えた。ニコライ一世の思想弾圧は三百年続いたロマノフ王朝を通して最も峻厳過酷を極めたものであった。そのため、この男の治世三十年間、ロシア社会は進歩、改革から取り残されてしまった。特に科学、技術、生産分野で、西欧から決定的に立ち遅れてしまった。ニコライ一世の死後、その息子がアレクサンドル二世として即位した。翌年、クリミア戦争はロシアの敗北をもって終結した。アレクサンドル二世はロシア社会の宿痾ともいうべき農奴制度の改革に乗り出し、経済、地方自治、司法、軍事等の改革に取り組んで、ロシアの近代化に努めた。出版関係では、検閲がいくぶん緩やかになり、雑誌、週刊誌などの定期刊行物が発行され始めた。政治議論もわずかながら盛んになった。出版物の事前検閲が緩和されたのもこの時代であった。

ニコライ一世の死去はドストエフスキーの身にも良い結果をもたらした。五七年に熱烈な恋愛の末にかれはマリアと結婚した。翌年には『スチェパンチコヴォ村とその住人』が掲載予定として、『ロシア報知』に広告された。

長編、中編、短編の小説群、論文、時事評論、エッセー等尨大なドストエフスキーの作品群のなかで、『スチェパンチコヴォ村とその住人』はマイナーな作品と見做され、今に至っても多くの読者を獲得していないのが実情である。そこで、この作品の内容を論評する前に、まずは作品の概要を紹介することが必要であろう（なお本作品の人名カタカナ表記は米川正夫訳に拠った）。

本編は、フォマー・フォミッチ・オピースキンという奇行・偏頗な人物と、それとは対照的な温厚な好紳士エゴール・イリッチ・ロスターネフ、「将軍夫人」と通常呼ばれる老婦人が中心になって進める結婚話という三本のストーリーからなっている。フォマー・フォミッチという人物は、一様には捉えにくい人物なので後に論評するとして、もつれた結婚話から検討しよう。

本編は、セルゲイ・アレクサンドロヴィチという若者が「わたし」として物語を展開させる一人称形式の小説である。この若者はごく幼い頃孤児になった。それを哀れんだ叔父、ロスターネフが親代わりとなって彼に行き届いた養育をした上、大学卒業まで面倒をみてくれた。彼は叔父に養育の恩義

郵便はがき

料金受取人払郵便

麹町支店承認

6246

差出有効期間
2024年10月
14日まで

切手を貼らずに
お出しください

1 0 2 - 8 7 9 0

1 0 2

［受取人］
東京都千代田区
飯田橋2―7―4

株式会社 作品社
営業部読者係 行

【書籍ご購入お申し込み欄】

お問い合わせ 作品社営業部
TEL 03(3262)9753／FAX 03(3262)9757

小社へ直接ご注文の場合は、このはがきでお申し込み下さい。宅急便でご自宅までお届けいたします。送料は冊数に関係なく500円（ただしご購入の金額が2500円以上の場合は無料）、手数料は一律300円です。お申し込みから一週間前後で宅配いたします。書籍代金（税込）、送料、手数料は、お届け時にお支払い下さい。

書名	定価 円	冊
書名	定価 円	冊
書名	定価 円	冊
お名前	TEL （ ）	
ご住所 〒		

フリガナ
お名前

男・女　　　　歳

ご住所
〒

Eメール
アドレス

ご職業

ご購入図書名

●本書をお求めになった書店名	●本書を何でお知りになりましたか。
	イ　店頭で
	ロ　友人・知人の推薦
●ご購読の新聞・雑誌名	ハ　広告をみて（　　　　　）
	ニ　書評・紹介記事をみて（　　　　　）
	ホ　その他（　　　　　）

●本書についてのご感想をお聞かせください。

ご購入ありがとうございました。このカードによる皆様のご意見は、今後の出版の貴重な資料として生かしていきたいと存じます。また、ご記入いただいたご住所、Eメールアドレスに、小社の出版物のご案内をさしあげることがあります。上記以外の目的で、お客様の個人情報を使用することはありません。

を感じているだけでなく、叔父の人柄の特徴である高潔さ、謙仰さにも惹かれていて、日頃から彼に敬慕を惜しまなかった。普段無沙汰の間柄ではあったが、ある時、若者は叔父から長文の手紙を受け取った。手紙は謎めいた言葉の連続で理解に苦しんだが、どうやら叔父がなにやら村のトラブルに巻きこまれて、苦しい立場にあるらしいことは読み取れた。それに加えて、「（お前も）少しも早く結婚するように」との勧めもあった。ついては、田舎官吏の貧しい娘であるが、叔父のお蔭でモスクワで立派な教育を受けた後、今は、ロスターネフ家の家庭教師となっている娘を紹介したい、との添え書きもあった。村でのいざこざは別としても、かねてから美しい娘と聞き及んでいた家庭教師の話に強い興味を持った若者はスチェパンチコヴォ村へ旅立つ準備をしていた矢先に、叔父の昔の同僚とかいう人物から、叔父がある奇妙な女との金銭がらみの結婚を強要されて苦境にあるとの情報も得た。若者はそれを知って大急ぎでスチェパンチコヴォ村へ向かった。こうして彼は村へ乗り込み、ロスターネフをはじめ村の主要人物たちと接触を持つことによって、事件が展開する。

この冒頭の設定自体に、本編の弱点が既に露呈している。十九世紀後半のヨーロッパ文学では、「結婚話」は既に使い古されたテーマの一つになっていた。「結婚と女性の権利」とか「結婚制度と教会」とかいう社会的な広がりのあるテーマならまだしも、一家族の内輪の結婚話のもめごとは、読者にとって新味に乏しい。それに加えて、後段で詳しく述べるが、妻に先立たれ二児の父親でもある先輩のロスターネフが、長い無沙汰の後、家庭もまだ持っていない、定職にも就いていない若輩のセリョージャ（セルゲイの愛称）に家族間のトラブルの相談を持ちかけるのも不自然である。

この小説が発表された一八六〇年前後のロシアは、アレクサンドル二世が農奴制度の改革を始めた時で、社会全体に動揺、混乱、不安が大きく、かつ深刻に広がった時期であった。社会の動揺は一九一七年のボルシェヴィキ革命時に匹敵する。そんな時代に、内輪の結婚話のあれこれのテーマは、読者に大きなインパクトを与えることはできなかった。

本編の紹介を続けよう。

セリョージャがスチェパンチコヴォ村近くの駅停で馬車の補修をさせていると、村へよく出入りする情報通の町の商人、バフチェエフ氏が憤りをこめて村の現状をセリョージャへ語る。この商人の語りは、芝居で言えば、幕が上がる前に緞帳を背にしてこれから始まるドラマの粗筋を、客席に語る前口上に相当する。本編は先に触れたように、カトコフが主筆の『ロシア報知』に広告は出たが、若干の経緯を経て結局掲載の場はクラエフスキーの『祖国雑記』となった。この経緯にも作品の評価が関係していたのかもしれない。ドストエフスキーはこの作品が発表される三年も前に、作品の構想を友人のアポロン・マイコフへの手紙で次のように述べている。

小生は冗談半分に喜劇を書きはじめ、冗談半分に数々の喜劇的状況と喜劇的人物をつくりだしましたが、主人公がすっかり気に入ってしまったので、小生は喜劇の形式を棄ててしまいました。（中略）手っとり早くいえば、小生はユーモア小説を書いているのです。▼2

バフチェエフ氏から村の情報を手に入れたセリョージャはいよいよ村へ乗り込む。村ではその日、お祝いのために準備が進められていて、本来なら村中が楽しく浮き立つような賑やかさに彩られていたはずであった。というのは、ロスターネフの二番目の子、イリューシャの「名の日」の祝いが予定されていたからである。本編はその「名の日」と前日の二日間を描いたもので、その二日間に意図と偶然が折り重なった結果、関係する者が全員村へ集まって、次から次へと起こる奇怪な事件に右往左往しながら、最後は目出度し目出度しで終わる。

「名の日」のお祝いを主催するのは、もちろんエゴール・イリッチ・ロスターネフである。フォマー・フォミッチと共に本編で主役を演ずるロスターネフについて記そう。

年齢は四十歳ほど。十六の年から軍隊勤務に明け暮れたが、先年妻を亡くしスチェパンチコヴォ村を相続して、農奴を六百人まで増やしたのを機に、大佐で軍務を辞し村へ住みついた。「――生えぬきの地主のように、村の生活に馴染んで」暮らした、と作家は記しているが、ロスターネフは村の人びとにとっては〝新参者〟なのであった。フォマー・フォミッチも外部から村へやって来た者である。金銭がらみの結婚話をロスターネフに押し付ける彼の母親、通称「将軍夫人」も、またその取り巻き連中も本来町方の人間であった。つまり、村人を統率する支配者もしくは上層部は、村の外部からやってきた連中であった。この点は本編の主要テーマ、「新しい村造り」と関連する。作家はロスターネフについて、

外貌は堂々たるもので、背が高くすらりとして、ばら色の頰、象牙のような白い歯、鳶色の長い鼻ひげ、甲高い朗らかな声、開けっ放しな高笑い――▼3。

と描いている。小説家としてデビューした頃、社会に容れられず自尊心を傷つけられた下級官吏の痛ましい心情を綴ってきたドストエフスキーが、流刑後一転して選んだ本編主人公は、明朗快活な堂々とした地主であった。果たして、作家のこの人物造形は成功したのであろうか？ 金目当ての打算や陰謀が渦巻く本編の展開の中で、ロスターネフの健康な磊落さが読者の救いになっているのは確かだが、スヴィドリガイロフ、ムイシュキン、スタヴローギン等、のちのちドストエフスキーが描く諸人物と比較する時、明るさは目立つが、形而上学的な彫りの深さはない。

だが、ドストエフスキーはこの人物の造形に強い自信を持っていたようだ。流刑地から兄へ宛てた手紙（一八五九年五月九日）の中で、ロスターネフとフォマー・フォミッチ・オピースキンに関して、

> しかし、その中（本編のこと：引用者）には、二つの大きな典型的な性格があります。五年間もノートしながら創り上げたもので、申し分なく仕上げができています（ぼくの考えでは）。それは完全にロシア的な性格で、今までロシア文学があまりよく表示しなかったものです。カトコフがそれを評価してくれるかどうか知りませんが、もし大衆が冷淡な態度で受け入れたら、ぼくはおそらく絶望してしまうでしょう。[4]（傍点は原文）

とまで言い切っている。しかし管見ながら、「典型」とまで揚言したこの人物像はその後のドストエフスキーの長い創作活動の中で、再登場することはなかった。私信での作家の自信満々な姿勢を、直ちに作品評価に結び付けるのは危険である。米川正夫は本編巻末解説の中で、「『スチェパンチコヴォ

村』の意義は、（中略）フォマー・オピースキンとロスターネフ大佐の二典型の創造にかかっている。この二つの輝かしい典型は、従来のロシア文学のかつて知らなかった新しい世界であるのみならず、爾後今日に到るまで比類にない独創的性格として、最初の新鮮さを保っている」（四〇四頁）とまで褒めちぎっているが、本章の以下が証明するように、これは過大な評価である。

ちなみに、本編について批評家諸氏のコメントを二、三紹介しておこう。かつてスターリン主義健在なりし頃、「社会主義リアリズム」論の権威者として権勢をほしいままにしたウラジーミル・ウラジーミロヴィチ・エルミーロフ（一九〇四‐六五）は「思想界が急激に社会的な高揚をしつつある状況のところへ、社会的なパトスからすっかりずれた作品をもって登場するのは、失敗の運命をたどる――」[5]と酷評している。独特の方法論をもって実直にドストエフスキーを研究したレオニード・ペトローヴィチ・グロスマンは「――制作において作家は多くの失敗を犯しているが、それは、彼がアクチュアルな問題を回避したことと、形式の誤謬を見逃したことにある。つまり、五〇年代の末頃には、ロシアの農村の当面の焦眉の問題を喜劇や喜劇的長編小説（中略）として取り扱ってはならなかった」[6]と述べている。国際政治学者、歴史家であり、評伝『ドストエフスキー』も残したエドワード・ハッレト・カーは「もし『スチェパンチコヴォ村』が失敗作だとすれば、それはドストエフスキーには尽きせぬユーモアの天賦などおよそなく――」[7]と記している。ドストエフスキーにはユーモアの才能がないというカーの評価に著者は賛成しかねるが、本編を「失敗作」と見るカーの見解には賛成できる。日本の批評家の一文も紹介しておこう。ドストエフスキーを思想や信仰の面からではなくて、人間の生々しい感覚を軸にドストエフスキー文学を捉える中村健之介氏は、「『ステパンチコヴォ村とその住人たち』は、地主屋敷で起きた、わずか二日間の愚にもつかないドタバタ騒ぎを書いた娯楽小説である[8]」と断じた。

ドストエフスキーは職業作家である。主として創作によって生活の糧を得ている。作家が出版関係者、評論家・批評家のみならず、友人や家族に作品の仕上がりをオーバーに語るのは職業作家としてある程度許されてよかろう。しかし、彼が自分の作品をオーバーに称揚するのには、実利的な意識があるのを見逃してはならない。彼は兄への手紙で、「ゴンチャロフはぼくにいわせれば胸の悪くなるような長編で、七千ルーブリも取った」、「ツルゲーネフの『貴族の巣』（中略）に対して、カトコフが自分から四千ルーブリ、つまり一台分四百ルーブリだした」のに対して「ぼくはそのカトコフに一台分百ルーブリ請求しているのです[9]」と露骨に憤懣をぶちまけている。

再びロスターネフへ戻ろう。彼に先妻の二人の子がいるのは記した。実の母親も存命であった。母親は先年他界した夫（クラホートキン）が将軍であったので、それにちなんで先に記したように「将軍夫人」と呼ばれていた。この老婆は、長年軍隊勤務に明け暮れしていた息子と離れて、複数の居候や取り巻き連中におだてられながら、小さな町の小さな社交界の中心になって、気随に暮らしていた。なによりも「将軍夫人」と呼ばれるのが彼女のお気に入りで、周囲の者は、生来気難しい、横柄な、怒りっぽいこの女主人を恐れていた。ロスターネフがスチェパンチコヴォ村に定住したのを見計らって、母親は取り巻き連中一隊を連れて、息子の邸宅で暮らすことになった。後述するフォマー・フォミッチも、ロスターネフが「親の面倒見が悪すぎる、親不幸者だ」とさんざん罵倒しながら、村へ移ってきた。

ここで、スチェパンチコヴァ村について一言述べておこう。この領地はクラホートキン将軍の持ち村でもなく、ロスターネフが以前から持っていた領地でもない。先述したように、ロスターネフの他界した妻の持ち村で、ロスターネフは相続によって手に入れたものであった。彼は、わずか一年ほど前に村に定住するようになった。そして、上記のように、将軍夫人も、その取り巻き連中も、フォマー・フォミッチも四十露里（約四十二キロ）も離れた町から、この時初めて村へやってきた者たちであった。つまり、この村を管理する「お偉方」、支配層はぜんぶ外部からごく最近住み始めた者たちであった。したがって、村の来歴、慣行、独自の習慣、祭祀等について何の知識の持ち合わせもなかったし、関心もなかった。ロスターネフも、将軍夫人もフォマー・フォミッチもそれぞれの思い込みやら思惑やらを抱いて、この村で暮らすようになったのであった。ここでの生活は、彼らにとって言わば、〝新しい村での新しい村造り〟であった。新しい村造りの過程で、上層部の者たちの利害が錯綜し、「理想」や思惑が衝突する様相をドタバタ喜劇風に描いたところに、本編の主題の一つがある。「新しい村造り」がどんなドタバタ喜劇で進行したのか、その様子は「もつれた結婚話」が十分証明してくれる。

将軍夫人のお付きの一人に、タチヤーナ・イヴァーノヴナという嫁ぎ遅れた老嬢が以前から夫人宅に寄食していた。幼い頃から貧しい孤児で、辛苦の中で他家の世話で成長した。元来、病的なほど感受性が強く、名門典雅な求婚者が彼女の前に現れるのを空想するだけで、生きているような女性であった。彼女はこの家で意地悪で陰険な将軍夫人の話し相手となって暮らしていた。ところがある時、一通の死亡通知書が彼女の運命を劇的に変えた。銀貨で十万ルーブリという財産が、「タチヤーナ・

イヴァーノヴナの足もとに、金色の光まばゆく散り敷いたのである」と、ドストエフスキーは大時代的に書いている。

ドストエフスキーの作品では「相続財産」が、物語の展開に大きな役割を果たすことがままある。たとえば、『白痴』のロゴージンは父親が急死して莫大な財産を相続した。ナスターシヤ・フィリーポヴナへ向けられたロゴージンの情熱は、物質面ではこの財産によって支えられ、彼の行動に合理性が与えられている。本編では、物語が始まって間もなく二度も相続話が現れる。一つはロスターネフの相続、二つ目はタチヤーナの相続である。作中諸人物の性格、思考、生活歴等々が読者にほとんど紹介されぬまま、相続話が突然出てくる。これは、いかにも便宜的で、要するに「デウス・エクス・マキナ」に過ぎない。ここには、本編がトピック（話のネタ）だけで読者を惹きつけようとする通俗性が露骨に出ている。

スチェパンチコヴォ村の領地が二個分も買い取れる大金持ちとなったこの女性に対して、周囲の者たちは途端に態度を一変させた。なかでも、タチヤーナを下女同然に扱っていた将軍夫人は、フォマー・フォミッチと企んで彼女の財産を奪おうと考えた。それには、男やもめとして長年暮らしている息子のロスターネフをタチヤーナと結婚させることが何よりの上策であった。将軍夫人とフォマー・フォミッチはいろいろな手練手管を弄してロスターネフに結婚を迫った。将軍夫人は白髪頭で、歯の抜け落ちた、物欲に執心する社交界の女ボスとしてしか描かれていない。こういう女が他人の財産横領を企むのは当然という、善玉対悪玉の通俗的な図式がここでも見え見えである。

タチヤーナとの結婚話を持ち込まれた当のロスターネフはこれにどう対応したのだろうか。結論を先に言ってしまえば、それは優柔不断な煮え切らない態度であった。彼のこの対応を説明するためには、ロスターネフ邸に住み込みで働いている「美しい家庭教師」に少し触れなければならない。その家庭教師の名はナスターシャ。町の貧しい官吏の娘で、先に触れたように、ロスターネフが昔学費を出してやって、さるモスクワの学校で立派な教育を受けた女性であった。実は、ロスターネフとナスターシャは相思相愛の仲で、その関係は、

　そりゃ気がつかずにはいられませんからね。それに、二人はどうやら秘密に逢びきしているらしいんですよ、それどころか、二人は許すべからざる関係をつけていると、断言する人さえあったくらいです[▼10]。

というところまで進展していた。将軍夫人やその取り巻きは、二人の関係を承知の上で、家庭教師を苛め抜いて屋敷から追い出そうとやっきになっていた。このエピソードも、文豪ドストエフスキーによって書かれたとは想像しにくい、金銭絡みの汚い結婚話に純愛物語を対比させただけの俗っぽさになっている。

　その家庭教師、ナスターシャ・エヴグラーフォヴナは、本編冒頭に名前だけではあるが既に登場している。叔父のロスターネフは長文の私信の中で、語り手セルゲイに向けて「――まじめに、一心に、ほとんど祈らないばかりの調子で、以前の自分の養い児と少しも早く結婚するように」と勧めている。だが、ロスターネフとそのナスターシャは上記のような深い関係にあった。――とすると、これは、

どういうことなのであろうか？　ドストエフスキーはどんな意図を持って、こんなきわどい状況を設定したのだろうか？　スチェパンチコヴォ村へ行って、この二人の関係を初めて知ったセリョージャが「それじゃ、叔父さんがぼくにとった態度は、まるで狂気の沙汰じゃありませんか！」と憤慨するのは当然である。この設定もどうやら、登場人物の人間関係をより複雑にして、読者の興味を惹こうとする作家の苦心の一つであるようだ。というのは、このきわどい三人の関係は本編の中でなんの進展や変化を見せていない。ちなみに、ナスターシャはセリョージャからその話を聞かされても、ロスターネフに対する愛と信頼は微動だにもしなかった。そして二人は本編最後に、人も羨む幸せな結婚生活を送るのである。

最後に、この「もつれた結婚話」の結末を簡単に記しておこう。

町からロスターネフ邸へ出入りしているオブノースキンと名乗る「何から何まで下品なハイカラぶりを狙った」二十五歳位の男がいた。将軍夫人の取り巻き連中の一人で、気障を売り物にしたようなこの男が、莫大な遺産を相続した、ひたすら結婚に憧れるタチヤーナ・イヴァーノヴナを口説いて、二人で駆け落ちをする。男の狙いは、駆け落ち先で大急ぎで結婚式を挙げ、入籍の手続きまで済ませた上で、「合法的に」女の財産を貰い受けようという魂胆なのである。この駆け落ちは二人が村を出て間もなく、村の連中に取り押さえられて失敗してしまう。男と駆け落ちはしたものの、タチヤーナは前後の事情がうまく飲み込めないのか、ロスターネフ大佐の顔を見るなり、その場で「急にわっと泣き出しながら、彼の首に抱きついた」。

ドタバタ劇の一場はこうして幕が下りた。

第二節　フォマー・フォミッチ・オピースキン

フォマー・フォミッチはごく若い頃、文学を志し、小説を書いたことがあった。小説を書き上げ、刊行するところまではこぎつけたのだが、その作品は仲間内の噂にすらならず、世間から完全に黙殺された。この時の経験に懲りて、彼が自分の身の丈に合った暮らしをしたならば、彼は大過のない人生を終えたはずであったろうが、どうしても文学への野心を捨てきれずに、各地を転々と放浪したあげく、ある機縁で先年死去したクラホートキン将軍の食客となって、ようやく糊口をしのぐことができた。将軍は晩年さまざまな病気にかかって、そのために意地の悪い癇癪持ちの、残忍で専制的な老人になってしまったのだが、フォマーは老人に対する周囲の冷たい目から将軍を護り、最後まで良き話し相手になってやった。時には彼は将軍の意を迎えるために、獣の真似事までする道化となったこともあったらしい。こうした将軍に対する献身ぶりは、将軍夫人と取り巻き連中に好意的に迎えられた。それだけでなく、彼は女性たちに霊魂救済やらキリストの徳行やらを語り聞かせ、未来の予言めいたことまで口にして、将軍家の婦人たちに少なからぬ影響を与えた。将軍が死んで周囲の全ての事情が一変した。婦人たちは家庭内の暴君がいなくなって、ほっとしたのも束の間、今度は将軍夫人を丸め込んだフォマーが暴君となって一家を支配するようになった。将軍夫人はフォマーの前へ出ると、まるで二十日鼠のように小さくなって震えるのだった。

ドストエフスキーは、このフォマー・フォミッチについては実に手厳しい評価を下している。本編から二つ引用しよう。

それは、思いきってやくざな思いきって了見の小さい、だれにも必要のない社会のあぶれ者で、てんでものの役に立たない、きわめて醜悪な、しかも方図の知れないほど自尊心の強い男なのである。が、その病的に苛々した自尊心を、幾分なりとも弁護してくれるような才能を、毛筋ほども持ち合わせていないのだ。（中略）昔の手痛い失敗に辱しめられ圧迫されて、古くから内部で膿をもち、それからというものはだれか人に会うたびに、他人の成功を見るたびに、羨望と憎悪を絞り出す、そういった種類の自尊心である。これがまたきわめて醜悪な怒りっぽい性質、思いきって気ちがいめいた猜疑心に調味されている――[11]。

――他人の家の道化や乞食巡礼の中には、屈辱のために、自尊心が消えてしまうどころか、かえってその屈辱のために、その道化や乞食や食客の境遇のために、永久に強制される屈従や自己没却のために、ますます自尊心を煽られるようなのがいる――[12]。

作家が作品の中でどのような人物を創造するかは、言うまでもなく作家の芸術的イマジネーションに拠る。彼は極悪人も造形できるし、神のごとき慈愛に満ちた善人も創造できる。しかし、作家のイマジネーションは空無の中から突然生まれるわけではない。それは、作家の理性、知性、思索、情念、体験、追憶等々、彼の精神生活の豊かな内容から生み出される。フォマーを描くドストエフスキーの筆致の厳しさは、どこから来たのであろうか？　病的なイライラした自尊心、醜悪な怒りっぽさ、方図の知れない高慢――、これらが上記引用のキーワードであるが、フォマーに関するこうした評価は、本編の語り手、セリョージャがフォマーとの直接の接触によって得たものではない。セリョージャはスチェパンチコヴォ村へ入る手前の駅舎で町人バフチェエフに偶然出会って、フォマーに関する二、三の情報を得たに過ぎない。バフチェエフという男は、町の情報を村へ、村の情報を町へ流す情報屋の役割を持つ人物として本編では設定されている。ドストエフスキーはこの情報屋を介して、あらかじめセリョージャへ、そして同時に本編読者へ村の実情を教えている。したがってスチェパンチコヴォ村へもまだ行っていない、叔父のロスターネフにもまだ会っていないセリョージャがフォマーという人間の特質をあれこれ語ることは、本編のこの段階では不可能なのである。

しかしフォマーの病的な自尊心、醜悪な高慢さを語るドストエフスキーの暗い、じくじくした粘液質な筆致には、情報屋バフチェエフの真偽定かではないニュースを超えた執拗さが見られる。フォマーの人物造形に関しては、ゴーゴリがモデルではないのか、いや、ベリンスキーではあるまいか、といった論争があるらしいが、しかし上記の引用は、語り手セリョージャを押しのけて作家が自己自身を語っている、と著者は読みたい。フォマー・フォミッチという人物は特異なキャラクターとして描かれていて一筋縄では捉えにくいのであるが、本作品冒頭のフォマーの性格描写には、若い時代のドストエフスキー自身の性格の一面が反映しているのではあるまいか？　フォマー・フォミッチという男の性格について、作家自身が上記のような厳しい表現を取らなければ、自分自身の気持ちに収まりつかないようなわだかまりを、ドストエフスキーは自己の内部に長年抱えていたに違いない。流刑地で本編を執筆しながら、ドストエフスキーは逮捕以来の自分のこれまでの生き方、自分という人間について、繰り返し、繰り返し自省したに違いあるまい。

今試みに一八四五年、首都の文壇に登場した頃のドストエフスキーという人間についていくつか思い起こしてみよう。

『貧しき人びと』が一般読者に読めるようになったのは、四六年一月に発行された『ペテルブルグ文集』に依るのだが、それより半年も前から、この作品は文壇仲間の間では、有名になっていた。前年の秋からドストエフスキーは工兵学校の同級生、グリゴローヴィチと共同の暮らしをしていた。後者は既に小説を発表していて文壇に知己を得ていた。ドストエフスキーはその彼に完成原稿を読んで聞かせた。グリゴローヴィチは冒頭の数ページを聞いただけで、好奇心に駆られて身を乗り出したが、やがてその好奇心は感激に変わり、ついにはドストエフスキーを自分の両腕の中に抱えこんで、賞賛を惜しまなかった。彼は原稿を預かって、ネクラーソフのところへ持ち込んだ。ネクラーソフとグリゴローヴィチは夜を徹して原稿を読み合った。明け方、二人はドストエフスキーを訪ね、原稿をベリンスキーにも読んでもらおうと提案した。六月三日、ネクラーソフがドストエフスキーを伴ってベリンスキー宅を訪問した。——こうして、有名なドストエフスキー文壇デビューのエピソードが始まったのである。ここでは、そのエピソードを逐一再現することはしない。二十四歳の無名の一青年が、一躍首都の文壇の寵児となった時の彼の野放図な有頂天振りを確認しておけば足りる。

いや、兄さん、ぼくの名声は、今ほど華々しい時はないでしょう。到るところ無限の尊敬が払われて、ぼくに対する好奇心はすさまじいものです。ぼくはお歴々といわれる人たちに数えきれないほど紹介されました。オドエーフスキイ公爵はぼくに来訪の栄を授けてくれというし、（中略）ソログープはみんなのところを駆けまわったあげく、クラエーフスキイのところへ行って、いったいあのドストエーフスキイというのは何者だ？　どこへ行ったらドストエーフスキイがつかまるだろう、ときいた――。[13]

みんながぼくを奇跡あつかいにするので、ぼくは口を開くこともできません。なにしろ到るところの隅々隅々で、ドストエーフスキイがこれこれしかじかいった、ドストエーフスキイがこれこれのことをしようと考えている、などと吹聴するのですからね。ベリンスキイは言葉につくされぬほどぼくを愛しています。つい近頃パリから詩人のツルゲーネフ（中略）が帰ってきて、のっけからぼくに深い愛情と友誼で結びついたので、ベリンスキイはそれを説明するのに、ツルゲーネフがぼくに惚れ込んだのだといったくらいです。[14]

ドストエフスキーのこのような野放図な有頂天振りは、文学仲間の反感を呼ばずにはおかなかった。彼はパナーエフ邸の社交の場で、表向き慇懃に扱われ、陰に回って揶揄、嘲笑の恰好の材料にされた。それだけではない。彼の自己顕示欲を嗤う「詩」までが仲間に回覧された。自尊心の極めて強いドストエフスキーは、オムスクの監獄に収監された後でもその時のことを忘れることはなかったに違いない。フォマー・フォミッチを偏狭な性格として描くドストエフスキーは、若い時代の自己の過ちを処罰したい、という欲求を抑えきれなかったのではあるまいか。

人間として当然の事であり、誰にしてもそうなのだが、人が三年、五年と継続して狭い拘置所や刑務所に拘禁されれば、嫌でも自分自身のこと、自分の越し方行く末についてあれこれ考え込まざるを得ない。人にとって最大の関心事が自分自身であるからには、これは当然とも、必然とも言える。ドストエフスキーも例外であったはずはない。彼は、記憶にある限りの幼少期を思い出したであろう。母親やアリョーナばあやが聞かせてくれた昔話、御伽噺を思い出した時もあったかもしれない。父親との息の詰まるような堅苦しい生活、ダロヴォエ（父親が買い取った田舎の領地）での楽しい田園生活、進学へ向けての猛勉強、工兵学校へ入るための首都上京、兄ミハイルと二人での文学への熱い情熱、そして、つい五年ほど前の出来事であったのに、今では十年も、十五年も昔の事に思える一連のペトラシェフスキー事件について細部まで思い起こし、考え抜いたに違いない。

通常、獄中での反省には犯した罪の重さに押し拉がれて、神に懺悔したり、出獄後の更生を誓うなど、程度の差はあれ悔悟の情が付きまとうものである。しかし、ドストエフスキーの場合には罪の反省とか、行為への悔恨の情はなかった。ペトラシェフスキー事件に対するドストエフスキーの対応はその点、「審問」段階から一貫していて、その姿勢はオムスクにおいても変わらなかった。事件から二十五年も経った後、かれは『作家の日記』のある一節に、「私たちは殉教者の想いで死刑場に立った」と記したほどであった。

さて、再びフォマー・フォミッチへ戻ろう。ドストエフスキーは文壇デビュー当時、文壇の先輩たちから受けた心の傷を長い間忘れられなかった。先輩から嘲笑された当時は、彼らの俗悪振りに憤ったものだが、苦役の中で経験を重ねるにつれて、自己を客観視することが徐々に身につき、自己の高慢さを素直に認めるに至ったのである。デビュー当時の自己の高慢さを回顧しながら、ドストエフスキーは自尊心の強い、猜疑心の塊のようなフォマー・フォミッチという男を描いたのであろう。と言うよりはむしろ、ドストエフスキー自身が、日頃意識している自己の内部の醜悪な部分を、フォマーに事寄せて描いたと言ってもよかろう。本節冒頭の引用に見られるフォマーの性格描写には、若き時代のドストエフスキーが濃厚に投影されている、と著者は読み込みたい。

第三節　「新しい村」造り

一八二〇年代から三〇年代にかけて、ロシアではドイツの観念論、特にシェリングの自然哲学が大いに尊重された。シェリングは、自然は理性による分析的手法によって解明尽くせるものではなくて、自然を有機的全一体として捉えることによって、はじめて十全に理解できると主張した。自然を有機的全一体と把握することによって、理知性の手の届きにくい分野に、ロマン主義という思想が生まれる。三〇年代後半、ドストエフスキーはペテルブルグの工兵学校で、友人たちとロマン派の作品に親しんでいた。ロマン主義の影響の下でドストエフスキーがユートピア思想に強い関心を抱いたことはよく知られている。「千年王国」、「アルカディア」、「黄金時代」等々として作品の中で語られるイメージは、彼の理想郷、ユートピアである。ユートピアに関するまとまったイメージは、早くも処女作『貧しき人びと』の中で、ワルワーラ・ドブロショーロワによって回想として語られている。

少女時代はあたくしの一生でいちばんしあわせな時代でした。それはこの土地ではなくて、ここから遠くはなれた片田舎《かたいなか》ではじまったのです。パパはT県のP公爵《こうしゃく》の大きな領地の管理人をしていました。あたくしたちは公爵家の持ち村のひとつで、ひっそりと、静かに、しあわせな暮しをしていました──。▼15

村を出たのは明るく晴れわたった暖かい日和《ひより》で、そろそろ野良《のら》仕事が終りかけていた時分でした。打穀場には大きな堆積《におい》がうず高く積まれていて、鳥の群れが騒々しく飛びまわっていました。なにもかも明るくて、楽しい気分でした。▼16

「回想」という時間のフィルターがかかった分、ワルワーラが描く「美しい村」は具体性に欠け、情緒に流れている。それは、作家・ドストエフスキーの計算によるものなのであるが、この回想には村対町、農村対都会の対比の中で、前者のマイナス部分が払拭されている。村人は全て善人で、村はあくまでも稔り豊かで、自然はあるがままに美しい。おそらく、これがドストエフスキーがイメージする「ユートピア」の原型なのであろう。

ワルワーラが描く「美しい村」とスチェパンチコヴォ村を比較すると、いくつかの点で大きな違いがあるのに気づく。「美しい村」は先に見たように善男・善女だけからなる村であったのに対して、後者は異様な人びとが定住し、また出入りもしている。ロスターネフ大佐は「極端なくらいの好人物」である。フォマー・フォミッチは横柄なペダンチストである。物欲に駆られた「将軍夫人」もいれば、「小さな貪婪な目つきをした」将軍夫人の取り巻きの一人・ペレペリーツィナもいる。「気高い心」の持ち主だが、結婚願望だけで生きているタチヤーナ・イヴァーノヴナ、「話にならないほどにやけた真似をする」下男のヴィドブリャーソフ、「屋敷づとめの下男で、年頃十六ばかりの素晴らしく器量のいい」美少年・ファラレイは踊りの名手だが、頭の回転が劣る。大金横領を企んで駆け落ちに失敗したオブノースキンは、先に記しておいた。その他名前だけ記しておけば、コローフキン、ミジンチコフ、エジェヴィーキン等々。ロスターネフ大佐に私淑している語り手・セリョージャもこうした連中の灰汁の強さにはたまりかねたのか、「どうかたった一つだけぼくの疑問に答えて、ぼくの気を落ちつかせてください。いったいぼくは、本物の瘋癲病院にいるんですかどうでしょう?」と叔父に質さねばならなかったほどである。ちなみに付記しておけば、本編で円満な常識を持ち、世間に通用する判断のできる人物は、二人だけ、家庭教師のナスターシャとロスターネフの先妻の娘・サーシャだけである。

このような多種多様な生活歴を持った人びとが暮らしている以上、そこにさまざまな問題が生まれるのは避けがたい。思いもよらず、莫大な遺産を相続したタチヤーナの結婚話もその一例である。本節では、ロスターネフ大佐とフォマー・フォミッチが、どのように「新しい村造り」に取り組み、そして失敗したのかその経緯を簡単に確認しておきたい。この場合、「新しい村造り」の失敗は、一八四〇年代の「美しい村造り」、すなわちドストエフスキーが憧れた理想主義の敗北の苦い思い出に重なる。ドストエフスキーは敗北から何を学んだのか?

シベリアでの十年の苦役が、青年時代の美しい「理想主義」を仮借なく批判するのではあるまいか、と読者は期待を持って本編を読み始めるのだが、その期待はそうそうに裏切られる。自己批判はなによりもまず、過去の自己の言説・行動の点検から始まるものなのだが、本編には自己批判すべき〝主体〟が不在なのである。なぜ、不在なのか？　理由は二つ考えられるであろう。一つは、作品自体が持つ構成上の弱点である。もう一つは、本編執筆時にドストエフスキーが置かれたデリケートな個人的立場である。後者から考察しよう。

本編は一八五八年に書かれた。この時かれはまだ流刑の身で、前年には大変な冒険の末にマリア・ドミトリエーヴナと結婚したばかりであり、シベリア軍管区当局に軍務の解除と、モスクワ定住とを請願中でもあった。当時のドストエフスキーの最大の願いは、本編が無事に検閲をパスして、首都文壇の雑誌に掲載されることであった。そのためには、かれが本当に書きたい事、書かなければならない事を抑制せざるをえなかったのである。逆に、本編が喜劇風のユーモア小説として構想されたのも、また、登場人物たちが単純に善玉、悪玉に二分されている等々も、この時期のドストエフスキーの微妙な身辺事情が影響している。

本編の構成に関して言えば、この作品は、「セルゲイ・アレクサンドロヴィチ」という青年の「語り」によって展開される。この青年と本編主人公ロスターネフとの関係は既述したが、彼とそれ以外の登場人物との接点はないし、利害関係もない。彼はスチェパンチコヴォ村で二日間に見聞きしたことを、詳しく本編読者に報告する。言わば失敗を運命づけられた「新しい村造り」の現場報告が彼の役割であった。したがって、どのような村を作り上げようとするのか、そのためにはどのような手段、方法が必要か等の課題は、セルゲイの念頭にはない。作家ドストエフスキーについて言うならば、作家は最初から理想的な新しい村造りはいかにあるべきなのかという課題を放棄している。たしかに、セルゲイは時には紛糾した事態を解説したり、稀に「事件」に介入して独自の意見を述べたりもする。しかし彼の主要な任務は、できるだけ冷静に、客観的にスチェパンチコヴォ村での出来事を読者へ伝える「レポーター」なのである。こうした人物に対して、「新しい村造り」の目的やら方法の是非を問いただすことはできない。また彼は、ロスターネフやフォマー・フォミッチが進める「村造り」を批判する立場にもない。作者ドストエフスキーはセルゲイ青年にそうしたことを望んでいない。自己批判すべき主体が不在とは、かかる意味である。

では、ドストエフスキーがこの作品に託した意図は、なんだったのか？　かれは、四〇年代にかれが信奉した理想主義の挫折を、周囲の事情からして、徹底的に批判することができなかった。流刑の身のかれができたことは、せいぜい、かつての理想主義をパロディーとして描くことであった。過去の理想主義を戯画化することを通して、かれはかろうじてかつての自己を相対化してみせたのである。かれが過去を徹底的に批判するのは、五年以上先になる。

再び、本編へ戻る。

ロスターネフという人物が常に快活で、しかも寛容の精神に富んでいた点は、先に記しておいたが、ロスターネフが村の改革にどのように取り組んだかを明らかにするためには、再度、彼の人柄、生き方についてやや詳しく確認しておくことが必要である。というのは、ロスターネフの場合、村の改革はかれの日常生活、特に村びととの接触の仕方に直結しているからである。

かれは極端なくらいの好人物で、たとえようのないほど優しい、潔白な心の持ち主で、四十になるのに子供のように素直であった。「――他人の欠点のためにおのれを責め、他人の美点を極度にまで誇大して」、「他人の成功をよろこびながら、（中略）もし失敗があった場合には真っ先に自分を責める、こういう潔白純真な心を持った人[▼17]」であった。彼のこうした性向を捉えて、意気地のない弱い人間で、優柔不断な面があると批判することはできる。だが、そうした批判に彼は、「残酷な行為をしたり、他人を侮辱したりすまいという心遣いのためだった。他人、いや人間全体に対する過度の尊敬のためだった」と答えた。彼は、なにかトラブルが起こった時、「どうでもいい、とにかく――とにかく、みんな満足で、幸福でさえあればいいのだ！」が口癖であった。このようなロスターネフには、「新しい村造り」といっても、特別な考えや、プランがあったわけではない。スチェパンチコヴォ村にどれほどの難題が降りかかろうと、ロスターネフ大佐は住人の話し合い、譲り合いによって事を解決しようと努力を惜しまなかった。「どうしたらみんなが幸福で満足なように」なるのか、これが彼の変わらぬ生活信条であった。その実現のためには、たとえ自身が不利益をこうむろうとも、時には自ら犠牲を払うことも厭わなかった。

　おそらくフォマー・フォミッチのしつこい要求があった末なのであろうが、ロスターネフはフォマーに領地の一部を農奴付きで譲り渡すことに同意したことがあった。二人の間で話はそれで済んだのだが、その村で暮らしている百姓たちが納得しなかった。彼らはロスターネフの所へ集団で陳情に来て、「わしらはお前様のところから離れたくありま《マ》し《マ》ね」と頑固に言い張って後へ退かなかった。ロスターネフは話を十分聞いた上で、「（フォマーへ）渡しやしないといっているじゃないか！」と彼らに約束してしまう。彼はフォマーにも農民にも都合の良い返事をした結果、事態はいっそう紛糾するが、それでもロスターネフは話し合いによって問題を解決しようと頑張るのである。これが、この村でのロスターネフの生き方であった。つまり、彼は全ての人びとの融和によって理想の社会を実現しようとする心優しき理想主義者なのであった。彼は一八四〇年代の理想主義者をより一層純化した人物として、本編で活躍する。だが、このことは反面、彼を優柔不断な「八方美人」で実行力に欠ける男という印象を与えもした。

ロスターネフの「対話路線」に対して、一方、フォマー・フォミッチはどうだったであろうか？

村のトラブルメーカー、フォマー・フォミッチは奇を衒うあまり、ときどき、子どもの我儘としか思えないような突飛なことを言い出しては、村中に騒動を惹き起こす。例えば、下男、下女、水飲み百姓にいたるまで村人はみんなフランス語を勉強せよと言い出す。あるいは、「おれは木曜は嫌だ、水曜でなくてはならん！」という二日続きの水曜日の噂が村中を怯えさせる。フォマーのこうした言動は、言うまでもなく作家・ドストエフスキーの作意であって、作家はフォマーをとことんカリカチュアライズしている。

スチェパンチコヴォ村では語り手・セリョージャが村へ到着した日は、ロスターネフの息子の「名の日」のお祝いの準備で村中が賑わっていた。このことは、本章の冒頭で触れておいた。ところでその日、フォマーは「八つの子供の命名日に焼き餅をやいて」(同上、三三頁)、明日はわたしの命名日だ、わたしも「名の日」の祝いをしたい、と言い出した。周囲はむろん大反対した。というのは、フォマーの命名日は三カ月も前に済んでいたのである。だが、フォマーのこの言い分に対してロスターネフは救いの手をさしのべる。「――明日はあの人の誕生日なんだよ」、だから息子の「名の日」の祝いとフォマー・フォミッチの誕生会も一緒にやろうではないか、と言ってフォマーの肩を持ち、周囲の反対を抑えようとする。六百人からの農奴を持つ領主、エゴール・イリッチ・ロスターネフがフォマーのこんな馬鹿げた我儘にも気遣いをしなければならないとなると、「対話」を重んじる心優しき理想主義者は、一転して戯画化された俗物へと相貌を変える。

フォマー・フォミッチの「村造り」はどんな様子であっただろうか？

奇行、奇癖で周囲の者を困惑させるフォマー・フォミッチの言動を割り引いて、彼の中に「新しい村造り」という視点をあえて探しだそうとすれば、かれのやり方は「上からの命令」となる。一例だけ紹介しておこう。

村乙女と見間違いかねないほどの美少年ファラレイは、頭の回転は良くないのだが、一つだけ得意な技があった。この少年は、村きっての「コマーリンスキイ」（土着の歌舞）の踊りの名手であった。時々、屋敷の裏庭で下男、御者、植木職人、何人かの女中さんらが車座になって座った中に入って、ファラレイは曲に乗せて、踊りに熱中した。見物している者たちは黄色い金切り声をはりあげたり、手をたたきながら囃した。土俗の歌舞が持つ卑猥さが、一刻村人を楽しませたまでである。このことを知ったフォマーは気絶せんばかりに驚いて、大佐を呼びつけると、「不道徳極まりない行為だ」、「わたしの高潔な感情が侮辱された」と言い張って、即刻コマーリンスキイを止めるように命じた。フランス語を村人たちに強要した際にはフォマーは、貴様らのような不潔な百姓に清潔ということを教えてやらねばならぬ、と言い張った。コマーリンスキイでは村の風紀を理由に禁止を言い渡す。先述したように、フォマー・フォミッチは「将軍夫人」とぐるになって、タチヤーナ・イヴァーノヴナ（例の結婚願望の女性）の相続金を横領しようとしている男なのである。こんな男が、村人たちの教養だ、風紀だと声高に唱える立場にはない。ドストエフスキーはとことんフォマーを〝道化〟扱いしている。
まだ流刑の身だったドストエフスキーは、執筆中の作品の仕上がり具合を、「――その中には実に、実にいいところがいろいろあります」と、自信たっぷりに兄へ告げ、「それは厖大な作品なのです。それは喜劇風の長編で、冗談のようなものから始まったのです――」[18]と述べている。その「長編」が本編である。

スチェパンチコヴォ村の「新しい村造り」という目的は、将軍夫人たちが村へ移り住むようになった時から、破綻が運命づけられていた。奇人、変人、悪徳漢たちを多数登場させたドストエフスキーの創作意図は、「新しい村造り」がいかに愚かしく、恥知らずに進行したかを見定めるところにあった。創作意図をそこへ定めることによって、かれは四〇年代にかれが信奉した理想主義を批判してみせた。その姿勢に誤りはない。また、本編がこれからのドストエフスキーの創作方向をいくらかなりと明らかにもしてくれている。しかしながら、批判が微弱すぎた点は既述しておいた。

最後に、本章のサブ・ストーリー、ロスターネフとナスターシャの「純愛物語」に一言して、本章を終えよう。

二人は幾多の苦難を乗り越えて、結婚にゴールインして、今では「はた目に羨ましいほどの睦まじい仲」として幸せに暮らしている。ナスターシャを苛めぬいた将軍夫人は、先年亡くなったフォマー・フォミッチと相並んで、墓の中で眠っている。――こうしてスチェパンチコヴォ村には、再び平穏な暮らしが戻ったのである。

農奴解放問題でロシア全土が深刻な動揺をきたしている最中、喜劇風の結婚話は「めでたし、めでたし」の大団円で終幕したのであった。

第二章　ナロードから学ぶ――『死の家の記録』――

第一節　ニヒリズム体験

前章冒頭で触れたように、一八四九年四月二十三日朝四時頃、「ペトラシェフスキーの会」で活動していた三十四名の若者が、皇帝官房第三課によって一斉に逮捕された。そのうち、ペトラシェフスキーら主要被疑者十三名は、ペトロパヴロフスク要塞内のアレクセイ半月堡に収監された。ロシア国内で最も警備が厳重で、国事犯が多く拘束されるアレクセイ半月堡に収監されたことによって、若者たちは前途に容易ならぬ運命を予想したはずである。約五カ月間の取り調べの後、軍事裁判が始まり、十一月十六日に結審した。軍事裁判所は審理の結果を最高裁判所へ送致した。最高裁は野戦軍事法典に基づき二十一名の被告に死刑を宣告した。その決定は最高裁上層部が皇帝へ上奏した後、厳重に秘匿された。最高裁は年齢や社会に実害が生じなかった点を考慮して、刑一等を減じるよう、あらかじめ皇帝に請願した。ニコライは減刑に同意した。しかし、

――皇帝は、最初の死刑判決を公衆の面前で読み上げ、死刑執行の儀式万端をすまして、あとはただ指揮官の「射て」の一語を残すのみとなったとき、初めてペトラシェーフスキイの会員に「特赦」の宣告を下すよう処置を取り、そのあとで最終的な判決を読みあげるように命じた。[1]

セミョーノフスキー練兵場でのこの「死刑執行」は、ドストエフスキー伝で必ず取り上げられる周知の事件であって、これはニコライが仕組んだ「芝居」であった。銃殺執行直前に、「ツアーのお慈悲の有難さ」を民衆に知らしめる一場の寸劇であった。権力者にとっては一場の寸劇に過ぎなかったが、しかしこれは、人間の最奥に秘められた精神の琴線を泥靴で踏みつけにする、実に残酷な行為であった。人間の精神を弄ぶ卑劣極まりないこの行為のために、被告の一人、陸軍中尉アポロン・グリゴーリエフの「そのゆがんだ顔は恐怖のために石のように硬くなり、目は狂人のそれのように生気を失っていた」(同上、一一一頁)と伝えられている。他の若者たちも同様であったに違いない。減刑の結果、「懲役四年、刑期満了後一兵卒として四年間勤務」となったドストエフスキーの精神にも、この事件はその後長く、長く甚大な影響を与えた。

一般には、ドストエフスキーは、オムスク監獄で民衆とじかに生活を共にすることによって、かれがこれまで抱いていた空想的な社会主義やロマン主義美学の考えから離れて、民衆の側に立つ思想へ進んだ、とされている。作家自身もかれの「信念の更正」をそのように語っている。

――なにかしらある別のものがわれわれの見解、われわれの信念、われわれの心情を一変させたのである。（中略）このあるものというのは、――民衆との端的な接触であった。共通の不幸の中における彼らとの同胞としての結合であった。自分も彼らと同じような人間になった、同等なものになった――[2]。

たしかにオムスクでの体験が、後々のドストエフスキーの創作活動に極めて大きな影響を与えたのは事実であって、その点については本章でも後段で十分に触れる予定である。しかしながら「信念の更正」が予感というかたちにしろ、いつ、かれの精神の内部に生起したのかという問題に限って言えば、その起点は実はセミョーノフスキー練兵場でのあの「死刑執行」の体験――実際には「臨死体験」――にあった、と著者は考えている。以下、死刑判決以降のドストエフスキーの動静と、『白痴』でムイシュキン公爵が語る死刑執行場面をやや詳しく検討する中で、著者の見解を明らかにしよう。

右に触れたように、彼らの銃殺刑の判決は十一月十六日に下った。刑場へ引き出されたのは十二月二十二日だった。ほぼ一カ月余の間、寒気が日増しにつのる要塞監獄に監禁されて、自分の身にどのような運命が待ち受けているのか分からないまま、彼らは不安な日夜を過ごしたのである。特に「ペトラシェフスキーの会」の中で、「過激派」と見られていたドゥーロフ、スペシネフ、ドストエフスキーらグループは、もし捜査当局が秘密印刷機の証拠を把握していたなら死刑もありうる、と心痛したはずである。彼らは死の恐怖に怯えながら一日一日を送ったのであろう。早朝、起床ラッパで起こされると、今日こそは刑場へ連行される日だという恐怖で、全身が硬直したに違いない。生きる権利を奪われて、絶対に殺される者の心のおののきは、いかばかりであったか――。朝食が無事に済むと、それから就寝までの長い、長い時間には、自分の死や肉親、友人等に関する重く、暗い想念が一日中つきまとう。この時の辛い体験を踏まえてのことだろう、後年、ドストエフスキーは死刑制度反対の立場を明らかにしている。

普段静寂の中にある獄舎に、ある日、早朝から多数の軍靴が響いて、看守や護送兵が気ぜわしく廊下を行き来する。箱馬車が多数監獄へ向けて集まるのが目撃された。騎兵部隊が二十一名の囚人たちを箱馬車に乗せ、セミョーノフスキー練兵場へ連行した。ついに、その日が来たのだ。歩兵部隊と騎兵部隊が広場中央部に長方形に隊列を組んでいた。隊列の真ん中には、木製の処刑台。隊列の端には灰色の柱が三本立っている。広場は厳重な警備の下で張り詰めた空気でみなぎっていた。被告たちは一目見て、ここは、銃殺刑の場所であることを知った。あらかじめ死刑の執行が公表されたわけではないのに、噂を知ってか、大勢の見物人が集まっていた。怖いもの見たさ、興味本位で見物に来たのであろう。その日は、前夜の雪が凍てついて、ことのほか冷えが厳しかったが、空はくっきりと晴れ、陽が射していた。

小さな十字架と聖書を持った教誨僧が死刑囚たちを刑場の中央へ誘導した。僧は囚人たちに「兄弟たちよ、死の前に懺悔をなさるよう」にとしきりに勧めるのだが、彼らは黙然として応ずる者はいなかった。ペトラシェフスキーほか二名が十字の柱に縛りつけられた。三人の十五歩手前に狙撃兵が銃の引き金に指を当て、命令の下るのをまっていた。

この瞬間、ドストエフスキーはどうしていたのだろうか？　二十五年も後に、かれは、あらかじめわれわれに読みあげられた銃殺に処すという死刑宣告は、冗談や洒落に読まれたのではない。ほとんどすべての被告は、その宣告が執行されるものと信じて、少なくとも、死を期待する恐ろしい、無限の恐怖に充ちた、十分間の苦を忍んだろうと思う。▼3

と回顧している。ペトラシェフスキーは僧侶に促されて、十字架に口づけした。他の被告もそれに倣った。ドストエフスキーも接吻した。彼はこの時、自分が銃殺されるのを確実に知った、と言っている。残された時間は十分程度。『白痴』では、この場面は、

ついに生きていられるのはあと五分間ばかりで、それ以上ではないということになりました。その男の言うところによりますと、この五分間は本人にとって果てしもなく長い時間で、莫大《ばくだい》な財産のような気がしたそうです。▼4

と回顧されて、この「五分間」のうち、「友だちとの別れに二分間ばかり」、「いま二分間を最後にもう一度自分自身のことを考えるためにあてて」、残りの時間は「この世の名ごりにあたりの風景をながめるためにあてた」。しかし死を目前にして、こんな風に整然と「時間を割り振って」いられるものであろうか。上の引用は、実は『白痴』の主人公ムイシュキン公爵が、スイスにいた時ある政治犯から聞いた話を、エパンチン家の令嬢二人に話している場面である。ムイシュキンの若干の「創作」が

入っていると考えた方がよかろう。現場にいた実際のドストエフスキーの心境は、流刑後周囲のある者に語ったように、「これまでの一生が万華鏡のようにめまぐるしく、稲妻のように早く、そして絵のように彼の頭のなかを通り過ぎた」（前掲、グロスマン、一一一頁参照）のであった。

死を目前にして超高速回転する濃密な意識の流れの中で、しかしながら、一つだけどうしてもドストエフスキーの脳裏に突き刺さって離れないものがあった。

> いま自分はこのように存在し生きているのに、三分後にはもう何かあるものになる、つまり、誰かにか、何かにか、なるのだ、これはそもそもなぜだろう、この問題をできるだけ早く、できるだけはっきりと自分に説明したかったのです。誰かになるとすれば誰になるのか、そしてそれはどこなのであろう？　これだけのことをすっかり、この二分間に解決しようと考えたのです！　そこからほど遠からぬところに教会があって、その金色の屋根の頂が明るい日光にきらきらと輝いていたそうです。男はおそろしいほど執拗《しつよう》にこの屋根と、屋根に反射して輝く日光をながめながら、その光線から眼を離すことができなかったと言っていました。この光線こそ自分の新しい自然であり、あと三分たったら、なんらかの方法でこの光線と融合してしまうのだ、という気がしたそうです――[▼5]。（傍点は原文）

人間、思春期を迎えれば、だれしも「生きるとはなんだろう？」、「死とはなんだろう？」と考える。日常生活の煩瑣に紛れながらも、この問題は折に触れてふと頭に浮かび終生付きまとう。死を目前にしてのあれこれの「時間の割り振り」はそれとして、上の引用はセミョーノフスキー練兵場でのドストエフスキー自身の体験を綴ったものであることは間違いなかろう。わずか十数秒後、太陽光線という無機質な物体に自己の生が絡め取られてしまうという生々しい感覚は、恐ろしいほどの緊迫感を伝えている。「いま自分はこのように存在し生きている」にもかかわらず、数発の銃弾を受けた後、「もう何かあるものになる」というこの事態、なぜそんな事態が起こるのか、そこにはどんな意味があるのか――。

ドストエフスキーが自分自身のことを考え始めたその時、刑場からほど遠くない教会の屋根の頂に、明るい日光がきらきら輝くのが、眼に入った。かれはその輝く光から眼を離すことができず、執拗に見つづけた。「この光線こそ自分の新しい自然であり、あと三分たったら、なんらかの方法でこの光線と融合してしまう」（傍点は引用者）、とドストエフスキーは考えた。実はここには、ドストエフスキーの作品を理解する上で欠かせない〝死〟というものについての重要な問題が含まれている。

まず、第一に信仰との関連である。ドストエフスキーがペトラシェフスキーの会と深い関わりを持ち始めた頃、かつては師弟関係のような深い親交のあったベリンスキーとはやや疎遠となり、時折論争をすることがあった。当時、無神論の立場にあったベリンスキーを批判し、ドストエフスキーはキリスト教を擁護して譲らなかった。逮捕以前のドストエフスキーは、キリスト教の博愛主義と社会主義思想を結合させたような見解を抱いていた。かれがキリスト教へ親愛の情を持っていたのは疑いない。そのドストエフスキーが刑が執行される直前、近隣の教会――おそらくペトロパヴロフスク寺院であろう――の屋根から放たれた光を凝視しながらも、そこになんの宗教的な感興を示していないという事実に驚かざるをえない。常識を超えない程度の信仰心の持ち主であるならば、状況が状況だけに、藁にも縋って生きつづけたいとの一念から、「もしや、あの光は神の啓示ではあるまいか」と思ってても不思議ではあるまい。ナザレのイエスでさえ、ゴルゴダの丘で処刑される直前に、「主よ、主よ。なんぞ我を見棄てたもうや」と叫んだ、と言われている。ドストエフスキーが死に際して、神に向けてなんらかの啓示、救いを求めたとしても不思議はあるまい。しかしかれの回想には、神の救いはもとより、イエスの名さえ出てこない。オムスク在監中に聖書を熱心に読み込んだドストエフスキーを考えると、その対照の差の大きさに驚くのである。

上記と関連して、第二の問題が出てくる。教会の屋根から反射する光を凝視しながら、〝死〟とは、この「光線」との「融合」であるとドストエフスキーは記している。ここには、神の教えもキリストの救いも天国もない。在るのは、光に象徴された無機質な世界への移行、もしくは還元である。これは、赤裸々なニヒリズムの立場である。この考えが、刑場において突然かれにひらめいたとは考えにくい。なぜならば、先に確認したように死刑判決を受けてから、一カ月以上も、毎日、毎夜、毎時間、かれは死について想いをめぐらせたはずであった。生きたい、生きつづけたいという本能の欲求が死を考えさせてしまう。何百万人、何千万人の人びとが生きている中で、自分一人だけが「生の饗宴」からはじき出されてしまう不条理を嘆いたこともあったであろう。さまざまに死を考えた末に、かれは最後に「死とは、自然との融合である」との結論に達したのである。

ドストエフスキーの死に対するこの結論にもう少しこだわってみたい。

かれが刑場に立たされた時、どんな想いであったのだろうか？　おそらくさまざまな想念の断片が走馬灯のように、かれの脳中を駆け巡ったについては、先に触れた。しかし一つだけ実感を伴った想いがあったはずだ。それは、自分に関わる全てのものが〝無になる〟という実感である。三十年のかれの生活体験、理知性が蓄えた全ての知識、文学上の理念、創作上のイメージ、肉親、文学仲間、そして未来への希望――、全てが死刑を前にして無になる。これまでかれが身につけていた全ての価値あるものが無意味と化す。そうした未知のこと全てに、かれは身一つを以て対決しなければならなかった。死とは何であるのか？　それは、無か、闇か、それとも虚空そのものなのか、分からない。分からないのが当然であって、死は体験できない以上分かりようがない。既成価値の全面的な崩壊と解きえない謎としての死を前にして、ドストエフスキーはこの時、明確な自覚は伴わなかったものの、ニヒリズムを実感したのである。この時かれが実感したニヒリズムは、ツルゲーネフが『父と子』（一八六二年発表）の中で描いたニヒリズムとは内容を異にする。後者は、既成の社会制度、価値観を大胆に破壊する先進的な若者の言動を描いた作品である。ドストエフスキーがこの時実感したニヒリズムは、史実が逆転するが、むしろニーチェのニヒリズムに近い。ドストエフスキーが刑場で実感したニヒリズムは、既成価値の全面的な〝解体〟〝喪失感〟であった。かれはこの時、生まれてはじめてニヒリズムを身を以て体験したのである。かれはその喪失感の中で「死とは自然の光との融合なのだ」と自己了解をとげたのであった。

ドストエフスキー文学の中に「道化」の概念を導入してユニークな評論活動を続けている著名な清水孝純氏は、この時のドストエフスキーの体験を、

――ペトラシェフスキー事件を通して体験した、死を直前にした瞬間のあの恐るべき浸透性の感触、いわば、ニヒリズムの感触ともいうべきもの――[6]。（傍点は引用者）

と記している。清水氏が記す「浸透性」とは、太陽光線という無機質な物体が一人の人間の生命を侵食する風景として、自然が人間の生命の中へ入り込み、生命を無機質化する過程として捉えているのであろう。清水氏のこの見解は、おそらくムイシュキン公爵がイエスの磔刑画を見ながら発した感想に基づいているのではあるまいか。ムイシュキン公爵はこの時、自然を「何かじつに巨大な、情け容赦もないもの言わぬ獣」、「暗愚で傲慢《ごうまん》で無意味に永久につづく力」（『白痴』下巻、一六一 - 一六二頁）と考えていた。この時、自然は人間を育て、慈しむ慈母としての自然ではなかった。それは、人間にとって無縁な巨大な物体として、人間と屹立した、人間にとって無縁な構造物としてあった。「暗愚で傲慢で」物言わぬ冷酷な自然のイメージは、刑場でドストエフスキーが空恐ろしい感情で見つめた無機質な太陽光線のイメージと重なる。ドストエフスキーが死刑執行を目前にして、全身を戦かせながら「いま自分がこのように存在しているのに、三分後にはもう何かあるものになる」という想念に捉えられたその時、その一瞬にかれはニヒリズムを感得したのだ。かれにとってこの時のニヒリズム体験は、その後、かれの創作活動の基底部にあって、ドストエフスキーから離れることが終生なかった。

　この時のドストエフスキーの死についての考え方がどれほど特異であったのかは、いわいる「棺台の瞑想」と言われるメモと対比するとはっきりする。この「メモ」については本書の最終章でやや詳しく検討するが、ここではメモが「魂の不死」を強調した点だけを指摘しておこう。上に述べた太陽光線に融合する死は、ドストエフスキーを囲繞する対象世界を一瞬にして崩壊させる。魂の不死を説く死生観といかほどの違いがあるかは、特段の説明を必要としなかろう。

話を再び刑場へ戻そう。

突然、大太鼓が激しく連打された。十字の柱に括られた三人のロープが解かれた。法務官が被告一人ひとりに改めて有期刑の判決を告げた。一人を除き、被告たちは再び足枷をはめられて房舎へ戻された。死から生へのこの劇的な転換が、皇帝ニコライの仕組んだ芝居であったと、その場で咄嗟に理解できた者が、被告たちの中に果たしていたであろうか？　事態の急展開に翻弄されて、おそらく理解できなかったに違いなかろう。被告の中にはいっそ「銃殺された方がよかった」とつぶやいた者もいたらしい▼7。

そもそもペトラシェフスキー事件は、西ヨーロッパで発生した革命運動を、ロシアへ拡大させないために、皇帝ニコライと側近のベンケンドルフが仕組んだ反革命の、一大キャンペーンであった。さしたる物的証拠がないままに、大量逮捕、長期裁判、若者たちの極刑は、ロシア人に恐怖を与えるために演出されたものであった。権力者は総じてサディストである。彼らにとって、若者たちを銃殺しようが、懲役処分にしようがさしたる問題ではなかった。権力者の関心は、もっぱらロシア人、特に知識人に向けられていた。彼らが恐怖心に駆られて、ヨーロッパの革命運動から関心が離れれば権力者の目的は成功したことになる。後は、「恐怖政治」を若干和らげて減刑という「温情」を示して、知識人を安堵させればいいのである。事件の最終決着がクリスマス・イヴの日に選ばれたのも、偶然ではあるまい。
一命を取りとめたその時、ドストエフスキーはどうであったろうか？　後年、かれはアンナ夫人に「あんなに幸福だった日はほかに思いだせないよ！　私は独房の中を歩きまわって、大声で歌い続けたよ。生命がもう一度与えられたんだ」[8]と語った。
被告たちは全員、翌二十三日に、西部シベリアへ向けて出発することを命ぜられていた。房へ戻ったドストエフスキーは早速、当局に兄との最後の面会を求めたが拒否された。そこで、かれは兄へ手紙を書いた。それが、「兄上、なつかしきわが友！　何もかもきまってしまいました！」で始まるあの有名な手紙である。早朝に箱馬車で連行されて、死から生への綱渡りのような危うい一日を過ごした直後、精神的な緊張、動揺がまだ少しも収まらず、思考もまとまらない状態の中で、よくぞこれだけの長文が書けたものである。かれの旺盛な生命力に感心するほかない。――がそれはさておき、この手紙は後々のドストエフスキー文学を理解する上で、非常に重要である。丹念に検討しよう。まず、ドストエフスキーの自省の弁を聞こう。

過去をふり返って見て、どれだけ時が浪費され、迷いと、過失と、安逸と、無能な生活振りの中に過ごされたか、自分がいかに時を貴ぶことを知らなかったか、幾たび自分の心情と精神に悖《もと》ることをしたか、そのことを考えると、われながら心臓に血のにじむ思いです[9]。

ドストエフスキーのこうした「自省」は当日の深刻な状況からして、しごく自然な反応である。人間、だれしも自分の生命にはっきりとした期限をつけられれば、前途のあまりの短さに驚愕し、反射的に過去の懶惰《らいだ》な生活振りを反省する。果たしてこの時の反省を、ドストエフスキーがその後の人生でどれほど生かしきったのかは、後年のかれの創作活動が証明してくれる。かれの反省は当然、創作の領域へも及ぶ。

　高遠な芸術を生命として生きかつ創造していた頭、意識を有しかつ高遠な精神的要求に馴れていた頭、その頭はもうぼくの肩から斬り落とされたのです。▼10

「高遠な芸術」、「高遠な精神的要求」は一八四〇年代の文学理念を領導したロマン主義美学を指しているであろう。この一文は、偶然のこととはいえ、十四年の後、ドストエフスキーが『地下室の手記』の中で、慚愧の想いを込めて自己批判した「美にして崇高なるもの」の予告となっている。臨死体験が、かれの視野や思考力を美学の領域から、人間の内奥、魂の洞察へ広げる契機となったことが、ここで確認できる。もちろん、上の一文は私信に過ぎない。生死の境を乗り越えた劇的一日の最後、シベリア送致の支度に追われながらわずかな時間を取って書かれたものに過ぎない。しかし次の引用は、かれの高速回転する頭脳と鋭利な感性による、予感に満ちた一文でもある。

　兄さん！　ぼくはくよくよもしなければ、落胆もしません。生活、生活はいたるところにあります、生活はわれわれみずからの中にあるので、外物に存するのではありません。▼11（傍点は引用者）

「生活はわれわれみずからの中にある」というこの覚悟は、かれの文学の進むべき方向を明らかにしている。ドイツ・ロマンチシズムもフランス・ユートピア思想もそれなりの存在理由を有して、時代のイデオロギーとして展開されたのは言うまでもないが、それらは、自己自身の内発的な精神によって同化されない限り、つまり「われわれみずからの」ものにならない限り、根付くことはない。上のかれの覚悟は大げさに言えば、自己の魂の洞察へ向かう確実な一歩を示している。

いま生活を一変するに当たって、ぼくは新しい形に生まれかわりますよ、兄上！　誓っていいますが、ぼくは希望を失いません、自分の精神と心情を純なままに保ちます。ぼくはいいほうに更正します。これがぼくの希望のすべてであり、ぼくの慰安のいっさいです！[12]（傍点は引用者）

ドストエフスキーの「信念の更正」は一般的には、オムスク体験から始まったと言われている。この点は略述した。しかし、上の引用で明らかなように、かれはペトロパヴロフスク監獄の最後の日に、「ぼくは新しい形に生まれかわります」、「ぼくはいいほうに更正します」とはっきり兄へ誓っている。ドストエフスキーの信念の更正は、実は、この日、この時から始まっている、と著者は考えたい。ドストエフスキーは銃殺刑から解放されたその日、「生活はわれわれみずからの中にあるので、外物に存するのではありません」という新しい人生観を獲得した、いや、正確には直感した。この人生観によってかれは、自分自身を見る眼を変えた。と同時に他者を見る眼も変わったのである。

ドストエフスキー自身が『作家の日記』やその他の論文で明らかにしているように、かれはオムスクの生活から実に多くのものを学ぶことができた。このことは、誤解はあるまいが、オムスクの一般徒刑囚がドストエフスキーに何事かを意図して〝教えた〟わけではない。彼らは徒刑囚として平生の獄中生活を送っていたまでのことである。ドストエフスキーの側に何事かを学ぶ姿勢がなければ、彼らは前科者の一人ひとりのままであったろう。ドストエフスキーに一般徒刑囚から学ぶ姿勢を可能にしたもの、それこそが人間の心を見る眼、すなわち魂を洞察しようとする新しい人生観にほかならない。一般徒刑囚を見るドストエフスキーの眼には、確かに作家意識が働いていた。かれは興味ある人物や出来事等のメモを残している。しかし、民衆との同胞としての結合というかれの信念の更正の立場からすれば、作家意識に基づく民衆への興味は付随的な働きしかしなかった。

「ぼくの内部に今ほど健全な精神的な力が豊富に湧き立っていることは、これまでにかつてないくらいです」と兄への手紙を残して、ドストエフスキーは一八四九年十二月二十三日深夜、屋根の覆いのない無蓋のソリに乗せられて、シベリアへ向かった。街中を通り抜ける時、友人の家に祭日の明るい灯が輝いているのを、かれは認めた。

第二節　ナロードの発見

ドストエフスキーが軍事裁判で有罪とされた「罪状」は驚くほど些細な事に過ぎなかった。彼は逮捕される直前、ベリンスキーが書いた『ゴーゴリへの手紙』を仲間の集まりで読み上げたことが、有罪の決め手となったのである。ゴーゴリは晩年、創作活動に行き詰まりをきたし、体制批判の立場を放棄して、専制政治の擁護、農奴制の支持へと考えを転じた。そしてそのことを『友人との往復書簡選』として公表した。ゴーゴリを熱心に支持してきた当時のロシアの文壇、なかでもその中心人物として活躍してきたベリンスキーはゴーゴリのこの変節に激怒して、『ゴーゴリへの手紙』を書いた。

この手紙には若干の経緯があった。ベリンスキーは自分が結核に深く冒されていて、長く生きられないことを予感していたようであった。彼は死の前年（四七年）、療養のためにドイツのザルツブルクに滞在していた。ゴーゴリの変節を知り、彼は検閲に煩わされずに思いのままゴーゴリを批判したのがこの書簡である。その内容はゴーゴリ批判に止まらず、ロシアの政治体制も痛烈に批判していた。その内容、表現から推測して、この書簡はロシア国内での公開や出版は不可能と判断されたが、にもかかわらず国内の知識人の間では知らぬ者はないくらい広く流布されていた。ペトラシェフキーの会でもこの書簡は一部のものが「回覧」という形で内々に読みつがれていたが、ドストエフスキーは四九年四月十五日、仲間約二十一名の会の席上で、これを読み上げた。そのことが、会内部に潜入していたスパイによって当局に通報され、会関係者の一斉逮捕となったのである。

後年、ドストエフスキーは逮捕当時のことを回顧して、次のように述べている。

――われわれが告発される原因となった事柄、われわれの精神を支配していた思想や観念は、悔悟を要しないものと思われたのみならず、むしろなにか自分たちを浄化する殉教的なもののように感じられ、そのためには多くの罪がゆるされるようにさえ思われたのである！　その気持ちは長くつづいた。流刑の幾年間も、苦痛も、われわれの意志を砕きはしなかった。それどころか、われわれはなにものにもひしがれることなく、その信念は義務遂行の意識によって、われわれの精神を支持してくれた。[13]

上の引用はドストエフスキーが五十五歳の頃に書いたものである。逮捕後三十年近くを経ても、なおかれは当時の行動に〝我に、誤るところ無し〟と断言している。「流刑の幾年間も、苦痛も、われわれの意志を砕きはしなかった」と記したドストエフスキーは、刑の確定後、自分たちの行動に対する確信と自負とを抱いて、シベリアのオムスク要塞監獄へ向かったのであった。しかしながら、オムスクでの日常生活は、ドストエフスキーの「確信」も「自負」も簡単に吹き飛ばしてしまうほど厳しいものだった。「ぼくは君たちと違って政治犯なのだ」という意識が、彼の言動に自ずと現れたに違いない。だが、同房の一般徒刑囚たちは、「政治犯」になんの興味もなかった。入獄当初、政治犯という特別な事情から彼に好意を寄せたり、友好的であったりした者は一人もいなかった。

というよりは、獄中の現実はその逆であった。ドストエフスキーが雑居房の同囚の者たちと少しでも違った言動をすれば、彼らは「今さら娑婆の旦那風吹かしやがって」とかれを嫌った。単に嫌われる程度であれば、ドストエフスキーにも我慢のしようがあったであろう。実情はしかし、もっともっと過酷であった。一般徒刑囚にとって貴族出の旦那衆をいびるのが、獄中で鬱積した彼らの憤懣の恰好の吐け口となった。ドストエフスキーはこの点については、実に多くの悲痛な記録を残している。兄への手紙ではこう訴えている。

彼らは気の立った、憎悪心のつよい、乱暴な連中なのです。貴族にたいする憎悪は言語を絶しているので、われわれ貴族を敵意をもって迎え、われわれの不幸に意地わるい悦びを感じたものです。もし勝手にさして置いたら、彼らはわれわれを食い殺したでしょう。しかし、察しても見てください、こういう人間と何年もいっしょに暮らして、飲み食いも寝るのもいっしょだし、ありとあらゆる無数の侮辱に対しても、訴える余裕さえもない状態なのですから、保護などといっても知れたものです。「お前ら貴族は鉄の嘴でおれたちをつっついたじゃないか。もとは旦那様で百姓をいじめたもんだが、今じゃ屑にも劣った身の上で、おれたちの仲間になりやがった」。これが四年間くり返し巻き返されたテーマです。百五十人の敵は迫害に倦むことがありません。それが彼らには面白いのです、気晴らしであり、仕事であるのです。▼14

この手紙は、ドストエフスキーが流刑地のセミパラチンスクへ向かう直前、五四年二月二十二日にオムスクで書かれた。これはかなり長い手紙で、どうやら当局の検閲を避けて秘密のルートで発送されたらしい。「とうとうぼくは兄さんに幾らか詳しい、正確な手紙を書くことができるようです」と冒頭にあり、文末近くには「この手紙は絶対に秘密です」とある。

上記の手紙からも明らかなように、ドストエフスキーは民衆を美化もしていなければ、理想化もしていない。それどころか、かれは同房のある者には恐怖心すら抱いて暮らしていたことが分かる。ドストエフスキーに向けられた彼らの憎悪、敵意は「言語に絶した」ものであった。かれに対するこの憎悪、敵意は、監房内でなにかトラブルが起こった時に限って、かれへ向かって爆発したわけではなかった。坦々とした日常生活の中でも、常にかれへ敵意が向けられていた。食事の時でも、排便の時でも、寝ている時でも、屋外の作業中でも、ドストエフスキーに落ち度があろうが、なかろうが、彼らはドストエフスキーをいじめ抜いたのである。ドストエフスキーは蔑視され、のけ者にされただけではなかった。上記手紙から察すると、殺される危険さえあったのかもしれない。「もし勝手にさして置いたら、彼らはわれわれを食い殺したでしょう」という一文は、単なる文飾とは思えないリアルさを伴っている。確かに、同囚の仲間たちは、四年間休みなくドストエフスキーを迫害し続けたわけではなかった。長い共同生活の中で、やがてかれのひととなりが理解され、お互いに幾分なりと心が通じ合うようになるにつれて、かれに好意を寄せる者、かれの見識に心服する者も現れた。だが、その場合ですら、「わたしが二、三の徒刑囚の好意を贏《か》ちうるまでには、かれこれ二年、監獄で暮らさなければならなかった」のである。

囚人たちが監獄当局の厳重な管理下に置かれていたのは言うまでもない。特に、オムスク監獄は、日本で譬えれば戦前の旧陸軍刑務所に相当する場で、一般刑務所に比べて規律は格段に厳重に適用された。ドストエフスキーは先の「手紙」の中で一言、「衛戍徒刑は普通のより苦しいのです」と記している。その上、管理者の囚人に対する恣意的なリンチは時と場所を選ばなかった。なかでも、「要塞参謀のクリフツォフは類の少ない悪党で、浅薄な野蛮人で、ふんだくりやで、酔っぱらいで、とにかく想像し得るかぎりのいまわしいものいっさいの具象化です」と述べている。このクリフツォフという男は、ドストエフスキーたちがオムスクへ向かう途中のトボリスク中継監獄でも、その蛮行振りは知られていた。デカブリスト事件（一八二五年）でシベリアに流刑中の古い先輩たちは、クリフツォフには特に細心の注意をもって対応するように、「絶対に口答えしないように」いくえにもドストエフスキーらに忠告してくれた。

オムスクでの屋外の労務は過酷であった。冬の凍てつく日の力仕事は、全身の力が全部抜け落ちてしまうのではないかと思われるほど辛いものであった。ある時には、水銀も凍るような零下四十度の外作業を四時間もぶっとおしでやらねばならなかった。そのためドストエフスキーの片足は凍傷に冒されてしまった。しかし、冬よりも夏の労役の方が五倍も辛いと、彼は言っている。夏場は早朝から暮れ方まで、酷暑のもとで長時間働かねばならなかったからである。彼は建築現場のレンガ運びにたびたび駆り出された。レンガ工場から要塞内の現場まで百五十メートルほどの距離を、一個五キロ弱のレンガを運ぶ。この仕事でドストエフスキーははじめ、八個しか背負えなかったが、最後には十五個もまとめて運べるようになった。彼はその中で、獄中生活にとって極めて重要な本音を次のように記している――。

> しかしそのうちに十二個まで、さらには十五個まで運べるようになり、それが大変嬉しかったものである。監獄の呪われた生活が強いるあらゆる物質的な窮乏に耐えていくためには、精神力に劣らず身体の力が必要だからである。
>
> 私は監獄を出てからも生きていたかったのだ――[15]。

引用の最後の一行、生きて元気で獄舎を出て再び創作の筆を執る、これこそがドストエフスキーの長い獄中生活を支えてくれた唯一の希望であった。そのために、彼は辛い苦しい強制労働に自ら進んで応じたのである。「死の家」にあって、自己を律するドストエフスキーの逞しさは、同じ獄舎につながれたドゥーロフの衰亡振りとは対照的であって、彼の魂の成長の記録として注目に値する。

ドストエフスキーはこのように二重、三重の厳しい拘束の下で四年を過ごしたのであった。上の二、三の引用からでも分かるのだが、ドストエフスキーは雑居房の同囚にことのほか神経を使わざるをえなかった。二十四時間片時も仲間から離れられない境遇を、兄への手紙でしばしば嘆いている。しかし、ドストエフスキーは孤独になれないその境遇を嘆く一方で、その境遇に順応するために、同囚の者たちに対して〝自己規律〟とでも言うべき考えをはっきり持っていた。

ドストエフスキーが収容されていた監房は、とっくの昔に取り壊しが決まっていた木造平屋で、床は全部腐っていた。その床はいたる所汗と垢がこびりついていた。冬は、小さな窓は霜で一面に覆われ、天井からは雫がたれていた。夏は夏で、酷暑の中、換気の悪い、やりきれないほどの悪臭のこもった部屋で、ドストエフスキーは百五十人の一般徒刑囚と共に、樽詰めにされたニシンのように、狭苦しい部屋に詰め込まれていた。囚人たちは、そんな老朽化した、不衛生なところで、豚が食べるような食べ物を豚のようにガツガツと食い、豚のように排泄しながら一日一日を暮らした。ドストエフスキーも生きるために、ゴキブリの入った食物を無造作に食べた。ここの生活は「強制的コミュニズム」だ、とドストエフスキーは嘆いている。

同室の仲間には貴族出の者がいたが、この男は要塞参謀クリフツォフのわずかな「温情」をあてにして、参謀副官へ房内の情報を常時流していた。ポーランド貴族の革命家が二人いたが、二人は周囲からまったく孤立していた。ドストエフスキーは下獄して間もなくから、この大勢の仲間たちにどのように対応したらいいのか悩んだ。そして一つの方針——これをかれは「行動計画」と呼んだ——をもって臨む決心をした。その方針は、インテリゲンチャとナロードとの階級的な〝隔たり〟を前提としていた。その「行動計画」の内容を見てみよう。

この「行動計画」は、ドストエフスキーが一般徒刑囚たちとのトラブルを予想して、そうしたトラブルから身を守るにはどのように考え、行動するのが最善なのかを内容としたもので、多分に「自衛」という性格を持っていた。以下の引用は「兄」への手紙と『死の家の記録』によるものだが、その内容から判断して、ドストエフスキーが実際に獄中で実行した計画であったと見てよい。

百五十人の敵は迫害に倦むことがありません。それが彼らには面白いのです、気晴らしであり、仕事であるのです。この不幸から遁れる方法がもしあるとすれば、それは無関心の態度です、彼らといえども認めざるを得ない精神的優越です、彼らの意志に対する不屈の態度です。われわれが彼らより高いところにいるということは、彼らも常に認識していました。[16]

——たとえどんな衝突があるにもせよ、そのころすでにある程度まで考えておいた行動計画を変更しまいと決心した。わたしは、その計画の正しいことを知っていたのだ。ほかでもない、できるだけ率直な独立不羈の態度をとって、とくに彼らと接近したいという努力を毛筋ほども見せまい、しかし、彼ら自身が接近を望むなら、それを斥《しりぞ》けもしまい、と決心したのである。彼らの威嚇や憎悪を露おそれることなく、なるべくそれに気がつかないようなふりをすることだ。またある二、三の点では、けっして彼らと接近せず、彼らの習慣やしきたりのあるものをいたずらに大目には見まい。――ひと口にいえば、みずから求めて、完全に彼らの仲間入りをしないことだ。▼17

「できるだけ率直な独立不羈の態度」、「みずから求めて、完全に彼らの仲間入りをしない」等上述の引用からも、「行動計画」がさしあたって起こりうる仲間とのトラブルを避けるための自衛策であったことが分かる。ただしこのトラブルを、ドストエフスキーに対する嫌がらせ、当てこすり、嘲笑などのハラスメント程度に限定するのは危険である。ドストエフスキーは『死の家の記録』では検閲を考慮して獄中での暴力行為、刃傷事件の記述はできるだけ避けている。上の二番目の引用の冒頭、「たとえどんな衝突があるにもせよ」は重く受け止めて、彼の身にさまざまな危険がありえたと考えたい。

ドストエフスキーはトラブルの原因を探ろうとはしない、解決しようともしない。ましてや、その場限りの譲歩もしない。たとえドストエフスキー自身へ向けられた直接の侮辱であっても、かれは「なるべくそれに気がつかないようなふり」をして、超然とした姿勢を崩さなかった。超然たる対応は一見、容易に思える。しかし実は、大きな勇気を必要とするものなのだ。平然とした態度、あるいは無関心を装うことによって、事がうまく収まるのだろうかという不安は、当然ある。無関心を装う姿勢がかえって相手を刺激しはしまいか、事はますます紛糾して仲間の憎悪が激化するのではあるまいか等――、そうしたもろもろの恐れを克服して、しかしドストエフスキーは決然と、「彼らの威嚇や憎悪を露おそれることなく」自己の計画を貫いたのである。

興味深いのは、兄ミハイルへ宛てた手紙で、ナロードに対するインテリゲンチャの「精神的優越」をドストエフスキーがはっきり主張している点である。「ナロードといえども認めざるを得ない精神的優越」とは具体的に何を指しているのだろうか？　おそらくピョトール大帝以来一握りのインテリゲンチャが、ロシアの国家と社会を指導してきた歴史的実態を指すのであろう。そして、貧乏貴族とはいえ世襲貴族の一員として、貴族としての矜持をドストエフスキーは獄中で実行したのである。ナロードに対するこの「精神的優越」は、実は階級的差別と紙一重の際どいところにある。繰り返すように、獄中という特殊な生活環境の下で、周囲の同囚の無理解から自らを守るという点で、わずかに許される差別ではあろう。

一八七〇年代後半から始まったヴ・ナロード運動はナロードに対する罪の意識に貫かれていた。ロシアのインテリゲンチャの日々の生活がナロードの過酷な労働によって支えられているという認識は、特に反体制派の若者にナロードに対する「負債」という意識を生んだ。他方では、晩年のドストエフスキーは露土戦争前後に、汎スラヴ主義は「神を孕めるロシアの民」に依って実現すると叫び、ロシア人による「人類の救済」を主張した。前者は、意図してナロードへ接近し、彼らを改革しようとする運動であった。後者は、ロシアの民衆に対する予言に満ちた国粋主義であった。今、シベリアで徒刑にあるドストエフスキーの立場はそのいずれでもない。この事は、後々西欧派からスラヴ派へ変化する彼の思想を考える時興味深い。「われわれが彼らより高いところにいるということは、彼らも常に認識していました」、とドストエフスキーは兄へ書き送っている。この「より高いところ」とは、単に教育を受けている、知識が豊富だというだけでなく、ナロードに対するインテリゲンチャの道徳的威信といったものをも感じ取らせるからである。

自分の教養と思想の形態を貶《おと》しめるような譲歩は、断じてしまいと決心した。もしわたしが彼らに取り入ろうとして、彼らにへつらったり相槌を打ったり、馴れ馴れしい態度をとったり、彼らの好感をかちうるために、彼らのさまざまな「性情」に迎合するような真似をしたら、彼らはわたしが恐怖と臆病心のためにそういうことをするのだと思って、たちまちわたしに侮蔑の態度をとるだろう。▼18

もちろん、前出引用にもあるように、「彼ら自身が接近を望むなら、それを斥けない」決意はあった。しかし、ドストエフスキーが自分から下手に出て、ナロードに媚を売ることはなかった。獄中での己の苦痛に対して、ナロードから決して同情を求めなかったのである。これは辛い決断であったろうが、ただしこれ以外にはかれは、自分の居場所を見出せなかったに違いない。

ところで、ドストエフスキーの「行動計画」には一つの前提条件があった点に注目したい。その条件は、ナロードに対するかれ独自の「洞察」から成り立っている。この「洞察」も興味深い。たびたび言及するように、かれの行動計画は、インテリゲンチャのナロードに対する優越という認識が基礎になっている。ナロードはいずれは、インテリゲンチャの言説や行動を理解できる、少なくともオムスクの仲間たちはドストエフスキーを理解し、その理解に基づいてかれに信頼を寄せるようになるはずだという確信がドストエフスキーの側にあった。もしそれがないとなれば、この「行動計画」は成立しない。この「行動計画」には、文壇復帰後、ドストエフスキーがスラヴ派へ接近する予兆が見え隠れしている。煤煙と体臭が立ちこめる獄舎の中で、額に生涯消えない烙印を押され、髪の毛を半分剃られた囚人たちが、足枷をガチャガチャ響かせながら、憎悪で顔を歪ませて罵詈雑言の限りを尽くして罵りあう、こんな受刑者たちに、ドストエフスキーが期待するような道徳的感化を受け入れる素地があったのだろうか？

監獄で一カ月が過ぎ、二カ月が経ち、半年も暮らすうちに、ドストエフスキーは驚くべき体験をする。

兄さんはほんとうにできないかもしれませんが、その中〔仲間の囚人たち：引用者〕にも深刻な、強い、立派な性格のものがいます。そして、粗野な表皮の下に黄金を発見するのは、なんという楽しいことでしょう。しかも、それが一人や二人でなく、幾人かいたのです。中には尊敬せずにいられないのもいるし、また中には断然立派な人間がいます。▼19

『死の家の記録』はドストエフスキーの諸作品の中では例外と言っていいほど、リアリズム手法に徹して書きあげられている。登場人物たちの風貌や特質は、彼らの言動の中で生き生きと捉えられている。読者は『死の家の記録』を読む中で、ドストエフスキーの手紙での指摘に一つ一つ納得するであろう。

誤解はあるまいとは思うが、著者はここで、囚人仲間のだれそれがドストエフスキーの人格的威信に感応して、変身を遂げたといった類の「美談」を例示するつもりはない。ナロードは見る角度によってその相貌を変える、そこを強調したいのである。前節でも若干触れたが、ナロードを無教養な、粗野な、大酒飲みの、博打好きの等々と見るのは容易である。そしてそのように見た時、ナロードはそうした相貌しか相手に見せない。別の角度からナロードを見た時に、粗野で暴力的なナロードの表層の奥に、豊かな人間性が浮かび上がる。ナロードをどのように見るか、試されているのは実は〝見る側〟、つまりドストエフスキーであり、インテリゲンチャ一般なのである。ナロードの様相は変わらない。彼らの過去は殺人者であり、放火犯であり、窃盗犯等々である。そして、心の奥底に豊かな人間性を秘めた者たちでもある。「豊かな人間性」を仮に今、人間が根源において持つ〝善性〟と簡略に呼ぶとすれば、ナロードの善性を見届けられるか否かは、インテリゲンチャの見識に関わっている。

くどい繰り返しとなるのだが、「ナロードに学ぶ」と言っても、獄中の仲間がドストエフスキーへ向かって理路整然と何事かを語ったわけではない。ドストエフスキーが折に触れて発する「なぜなんだろう――?」、「どういうわけなんだろう――?」という不断の問いかけに接して、仲間はようやく重い口を開き言葉少なに、あるいは無言の対応の中で、内奥に秘めた本心の一部をわずかに吐露するに過ぎない。不衛生な生活環境、危険で過酷な屋外作業、囚人同士のいがみ合い、罵りあいが渦巻く獄中生活のなかにあっても、ドストエフスキーは思考を集中させて、仲間へ「なぜ?」を問い続けた。この姿勢は単なる好奇心から出たにしては真剣すぎる。なぜ、ドストエフスキーは獄中で問い続ける姿勢、学び続ける姿勢を崩さなかったのだろうか?　ここには、セミョーノフスキー練兵場での、あの臨死体験が深く関わっている。死刑執行の三分前に一命を取りとめた点は、既述しておいた。かれは一命を取りとめたその時、瞬時に生の実存に関わる諸問題——世界とは、人生とは、善とは、悪とは、そして神とはなんであろうか等——を自覚した。そしてかれは、この実存の諸問題を背負って、監獄という異世界へ下ったのであった。

かれの努力は報われた。兄への書簡が語る通りである。

ぼくは懲役生活の中から、どれだけ民衆のタイプや性格を学んで来たことでしょう！　ぼくは彼らとともに住み馴れたのですから、かなりよく知っていると思います。（中略）なんという素晴らしい人々でしょう。概して、あの年月はぼくにとって失われたものではありません。たとえロシアそのものでないまでも、ぼくはロシアの民衆をよく知りました。おそらく、多くの人が知らないだろうと思われるほど、よく知ったのです。▼20

第三節　房舎での「自由」

ドストエフスキーがオムスク監獄で出合った囚人たちは、改めて言うまでもなく、彼が下獄しなければ生涯一言も言葉を交わすことのなかった人びとであった。囚人たちはお互いに民族、言語、宗教、習俗等を異にしていた。ドストエフスキーは図らずもオムスクで、人生の裏街道を歩んださまざまな地域の人びとと日常を共にしたのである。囚人たちはロシア語が読み書きできるとは限らなかった。だからドストエフスキーがナロードから「学んだ」その内容は、なにか整った教訓めいたものではなかった。囚人たちとの余儀ない共同生活そのものが、学びの場であった。そこで得た体験の一つ一つに、独自の思索を加え、体験の意味するところを確かめ、確かめしながらドストエフスキーは暮らした。

想像することすらできなかった異世界へ投げ込まれた生活に、ドストエフスキーが少しずつ馴れるにしたがって、余裕を持って周囲を見ることができるようになった。見るもの、聞くもの全てがかれの好奇心を刺激した。この好奇心が、好奇心のレベルを超えて、特定人物の心理洞察にまで深化したのは、職業作家の習性なのだろうか、それともドストエフスキーの天分であったのか。かれの人間観察が人間の精神の深部にまで達した時、ヒューマン・ドキュメントとしての『死の家の記録』が成立する。いずれにしても、ドストエフスキーは自信をもって次のように語ることができた、「——私は自分の言うことに自信を持っているのだ。書物で学んだのでも頭で考えたのでもなく、現場で身をもって知ったことであり、しかもかなり長い時間を費やして自分の信念を検証してきたからだ[▼21]」。

以下、本編『死の家の記録』（米川訳）に即してヒューマン・ドキュメントをいくつか紹介するのであるが、その前にロシア帝政時代の女性囚人について、気づいた点を若干記そう。というのは、オムスク監獄は軍事監獄であったために本編に女性囚人の記述がない。それは当然の事情としても、流刑地の監獄の周辺には必ずある種の「職業的」女性が蝟集したものであった。本編にも稀に、物売りを装って女たちが冷やかし半分に獄舎の塀越しに会話する場面が出てくるが、ドストエフスキーが実際に見聞したものはおそらく、もっと複雑な事情であったと考えられる。かれは検閲を怖れて公にしなかったのであろう。

シベリア流刑の非人間的な残酷さは、女性囚人の身の上に最も端的に現れている。流刑地の実態を世に知らしめたチェーホフの『サハリン島』を参照して、その実態のわずかな部分を確かめたい。

シベリア流刑は、「生き地獄」という表現が文字通り当てはまる過酷な環境下で運営されていた。その最大の理由は、行刑の原則がペテルブルグの中央省庁において明確にされていなかったところにある。何を目的にして囚人たちを拘束するのか、その基本方針が設定されていなかった。再犯防止のための長期の隔離政策なのか、施設内での矯正教育が目的なのか、それとも社会復帰のための技能習得なのか、そこを曖昧にしたまま行刑首脳部は「シベリア開発」という当面する実際上の目的のために、囚人を安価な労働力と見做して、便宜に使役した。このことがシベリア流刑を生き地獄にしたのである。シベリアと一言で言っても、西シベリア、東シベリア、極東シベリアと広大な地域があって、それぞれ地勢、気候等は各地域によって異なる。また要求される労働も、港湾建設、森林伐採、道路建設、鉄道敷設のような大工事から、囚人たちが収容されている監獄の修繕補強まで大小さまざまであった。各地の監獄当局はそれぞれの地域に課せられた開発目的に応じて、囚人の労働力を組織し指導した。このことが、労働力管理に当たる現地責任者の裁量範囲を膨大なものにした。現地当局は作業成果を上げるために、恣意的なノルマを囚人へ課した。囚人たちは作業の安全面など考慮されなかった。酷暑、極寒の天候の下で、ありあわせの機材、工具で作業した。一八六八年、中央省庁に「徒刑を組織化するために」勅令で委員会が設けられた。この委員会はアレクサンドル二世の大改革の一環として設定されたものと思われるが、その委員会が出した結論は「重罪人を、流刑地に定住させることを主な目的とし、同地での強制労働に使用するために、遠隔の植民地へ送りこむ」（チェーホフ『サハリン島』松下裕訳、二二一頁）と、これまでの事態を追認したに過ぎなかった。

こうした状況の下では、女性囚人の運命は悲惨を極めた。アントン・パーヴロヴィチ・チェーホフ（一八六〇‐一九〇四）は一八九四年に出版した『サハリン島』の中で、彼女たちがサハリン島に上陸した時の様子を次のように描いている。

女囚徒の一団がアレキサンドロフスク（サハリン島北部の主要都市）の波止場へ降りると、一行は刑務所へ引率されていく。大きな背負袋をかついで、しおしおと船酔いのさめやらぬ体で、大通りをよろしながら歩いてゆく。奇妙なことに、彼女たちの後からおかみさん、百姓、役所の関係者たち一同がぞろぞろ後をつけてゆく。その中には懲役が終わり、シベリアに止まっている流刑囚も多数まじっている。女囚徒は一旦、用意された監房に収容されるのだが、それから数日間というものは、男たちによる女囚徒の奪い合いが始まるのだ。

サハリン島では女性が少ない。特に野良仕事ができて、出産適齢の女囚徒は少数であった。結婚を望んでいる男性にとって、女囚徒は貴重な存在であった。目立った病気がなく、相応に受け答えができる女囚は高級役人の「召使」へ回される。言うまでもなく彼女たちは性的交渉を拒むことはできない。別の女たちは書記や下級刑吏、獄吏へ回される。一戸を構え、農業に励む素行の正しい自由農民も結婚を熱望している。刑務当局は会議を持った後、こうした農民たちには日時を指定して刑務所に女を受け取りに来いと命令書を発行する。懲役が終わりサハリンで流刑囚として暮らしている者たちも結婚を望んでいる。女が年を取っていようとも、宗教が違っていようが、女が浮浪者の身分であろうとも、流刑囚には特別選り好みはない。女囚徒の選別が終わり、最後に残った女たちは、獄中で刑期を務めている小金を持った懲役囚へ向かう。

チェーホフは結論としてこう言っている、

島には女のための苦役というものはない。たしかに、女たちは時おり役所の床を洗ったり、野菜畑で働いたりするが、つらい強制労働という意味では、恒常的な決まった仕事はない――。島につれてこられたときから、彼女たちは、刑罰とか矯正とかよりも、子どもを産み、野良仕事をする能力だけが考慮に入れられているのだ[22]。

上のように、女性囚人はサハリン島では「囚人」として扱われなかった。彼女たちは最初から〝性的奴隷〟として物品同様の扱いを受け、男たちへ「分配」されたのであった。彼女たちはサハリン島へ上陸した時から、行刑上の矯正教育も社会復帰の訓練も一切無縁であった。したがって、生まれ故郷へ帰る望みは、その時断たれていた。悲惨極まりない女囚徒の運命である。

話は再びオムスク監獄へ戻る。

囚人たちは、夏の長い日々は陽が落ちるまで一日中労役に追われる。獄舎へ戻った後は、翌日の作業に備えて早寝する以外にない。夏とは逆に、冬期には労務の規定によって薄暗くなると彼らは房舎へ戻されて、そこで就寝の刻限まで長い時間を過ごさなければならない。冬の夜の長い時間を、囚人たちはどのように過ごしたのであろうか。

実に驚くべきことに、その時獄舎のどの監房も「大きな作業場」へ変身したのであった。房内には、元靴職人、仕立屋、左官、家具職、指物師等々がいた。彼らは不思議なことに、作業に必要なナイフ、ハンマー等の工具類は皆がそれぞれ持っていた。房内で酒を売ってたちまち金持ちになった「酒屋」

もいた。イサイ・フォミッチはもともと腕のいい貴金属細工師で、町に宝石職人がいなかったので町の金持ちから仕事の注文が殺到し、彼はすこぶる金回りがよかった。この男は持ち金を運用して、房内で高利貸しまでやっていた。囚人たちはだれかれの区別なく、わずかな小金を稼ぐためにあくせくと働いた。なにぶんにも、金は自由を奪われた者にとっては、世間の十倍も尊い貴重なものであった。冬の長夜、彼らはそれぞれ得意の仕事に打ち込んでいた。

管理当局はこうした房内の事態をどのように考えていたのだろうか。管理者は囚人たちを人間扱いしていなかった。囚人といえども生来の権利を持っているといった考えはまったくなかった。管理当局は監獄規則を厳格に適用したし、規則違反の囚人には、野卑な暴言、むき出しの暴力、そして最後には鞭打ち刑が用意されていた。しかし、このような暴力と恐怖による高圧的な管理には、おのずから限界のあることも当局は熟知していた。暴力と恐怖の支配は、囚人たちを反抗的にするだけでなく、場合によっては野獣のような凶暴な集団へ追い込みかねないことを、管理者は経験上知っていた。管理当局は夜中不時の捜索を行って、ナイフ等の禁制品を根こそぎ没収した。しかし、捜索が済むとまもなく新しい器具、工具が現れて、全ては元通りになった。新しい器具、工具類が再び房内に持ちこまれるということは、懲役囚が地域の外部社会とかなり密接なつながりがあったことを意味する。前節で触れたチェーホフによれば、監獄と外部をつなぐ者は、内部の事情に明るい流刑囚や退職した刑務所関係者、さらには現職の下級職員が当たったらしい。

囚人たちの手許にある器具、工具類は、管理当局に刃向かう武器にもなりうるし、あるいは、房内での仲間同士の私闘やリンチに使うこともできる。その種の心配はなかったのだろうか？『死の家の記録』では一つ二つそれに近い状況の記述があるが、器具、工具類は概ね本来の用途に基づいて使われたようだ。そこには、囚人たちの間に不文律の決まりがあったと考えてもいいのだが、著者はむしろ囚人たちの本能的な直感が、その種の乱用を抑えたと見たい。冬の長夜を囚人たちがどのような想いでそれぞれ手仕事に打ちこんだか、「少佐」と呼ばれる一理髪師の仕事振りを知ると、そうした事情が明らかになるであろう。

囚人は週に一回土曜ごとに髪の毛を半分だけ剃刀で剃り落とす決まりがあった。大隊付きの理髪師が担当するのだが、そのやり方はまったく乱暴で、冷たい石鹸を頭に塗りたくり、研いだことのない剃刀で「容赦なくがりがりやるので、わたしは今でさえこの拷問のことを思い出すたびに、体じゅうが鳥肌になる」とドストエフスキーは嘆いている。ところが一回わずか一コペイカで、理髪を商売にしている軍事犯の囚人がいた。

背の高い、やせぎすの、むっつりした、かなり頭の鈍い男で、いつも自分の仕事に没頭して、手にはかならず革砥《かわと》を持ち、砥ぎ減らしてしまった禿《ち》び剃刀を、昼となく夜となくその上に当てていた。彼はあきらかに、自分の仕事を生涯の使命と心得て、それにすっかり打ち込んでいるようなふうであった。じっさい、彼は剃刀がちゃんとしていて、そこへだれか剃ってもらいに来る者があると、このうえもなく大満悦なのであった。彼のところへ行くと、石鹸は温いし、手は軽く動くし、剃刀の当たりはビロードのようであった。彼は見るからに自分の芸術を楽しみ、それを誇りとしている様子で、儲けた金を受け取るのでも、まったくのところ問題は芸術であって、一

コペイカ二コペイカのはした銭ではない、とでもいったような無造作な態度であった。▼23

懲役囚は、当局から下ろされる仕事はそれがどれほど簡単な楽な仕事であっても忌み嫌った。強制的に働かされるというその一点で、彼らはその仕事を嫌った。それとは逆に、夜間、房内で行う彼ら独自の手仕事は、生き生きと喜んで励んだ。その仕事によって、囚人たちは、人が本来持っている造る喜び、創造本能を満足させることができた。自由を奪われた囚人たちに唯一残された自己実現の場が、理髪等々であった。それは、ややオーバーな表現を使えば、囚人たちに残された最後の、かけがいのない生命の燃焼を実感させる瞬間であった。ドストエフスキーの鋭利なリアリズムは、上記引用の理髪師が一丁の剃刀に託した得意の様子を印象深く描いている。

彼は自分の技能が仲間から評価されているのを意識していた。背の高い、痩せぎすのこの男がビロード・タッチの剃刀捌きで、仲間の頭を剃っていく様子が目に浮かぶ。彼は理髪の最後の仕上げにこだわる。仕上げは仲間に喜ばれるだけでは不十分なのだ。芸術的仕上げにまで高めて、はじめて彼は満足する。自由を奪われた者が、こうして内面の自己実現という「自由」を回復する。世間から見捨てられたこの男に命が蘇る。彼にとって剃刀は人間らしく生きる上での利器である。この利器が、彼の場合、他の囚人を殺傷する凶器へ変わる時があるのだろうか――？　底知れぬ人間の内面の深さを考える時、利器が他人を危める凶器へ変わる瞬間がないとは言い切れない。しかし、この点に関するドストエフスキーの叙述は、意外と思われるほど楽観的である。囚人たちの間に、規律めいたモラルが生まれているわけではない。むしろ、囚人たちの最も素朴な本能が、器具、工具の安全管理を命ずるらしい。あるいは、懲役囚としての仲間意識がごく軽微な漠然とした相互の了解を生むと言ってもよかろう。この漠然とした了解は、手仕事の用具にだけ適用されるわけではない。厳しい軍事監獄で長年生き延びるために、囚人生活のあらゆる面に適用されている。『死の家の記録』が暗黒の異世界を巨細に描きながら、その内容や表現に意外な明るさがあるのは、作家のリアリズムが囚人たちの原初的な生きる絆をしっかりと見据えているからである。

本節の表題「自由の確保」に関連させてもう一つエピソードを紹介しよう。

「金は鋳造された自由である」とドストエフスキーは本編に名言を記している。囚人は小金があれば、衣食について幾分なりとも「自由」が利いた。先に触れたように、囚人たちは夜の手仕事に励んだ。しかし囚人たちの中には、まったく手に職のない者もいて、いつも金に窮していた。危険な酒の密輸、すなわち外部から獄内へのアルコールの持ち込みは、こういう連中が思い余って企てる。房内の「酒屋」から金を託された運び屋は労役で外に出る。彼はチャンスを捉えて現場から離れ酒を仕入れる。さて、どんな手口でそれを房内へ持ち込むのか？　それについては、ドストエフスキーが本編で大変興味深く語っているので省略しよう。運び屋の報酬はわずかである。密輸で儲かるのはいつも元締の「酒屋」である。

ところが運び屋の中には金に困っていなくても密輸に手を出す囚人たちがいた。たとえば囚人仲間から選ばれて炊事当番をしているこの男、オシップ――。

――押出しは堂々としているけれども、静かな、おとなしい、つつましやかな、どうして監獄な

どへ入って来たか見当もつかないような一人の囚人▼24

何ごとにつけても臆病であったが、ことに笞刑をこわがっているという調子で、おとなしい、ろくに口答えもしない、だれにも愛想のいい、決して人と喧嘩などしたことのない人間であった——▼25（傍点は原文）

炊事当番には物の分かった、正直な人間が選ばれる。オシップは長年この仕事を続けていた。だがこの男、その炊事当番を一時辞めてまで、年に一、二回酒の密輸に手を出すのである。酒が欲しければ「酒屋」から買う小金はいつも持っていたこの男が、密輸をしようと思いつめると普段の温和さも、臆病な気持ちも消し飛んでしまう。この男がそう思い込むとだれもそれを止めることができない。本人自身でもストップが利かない。その時には、彼には理知も常識もなくなる。酒の持ち込みはきわめて危険である。当局に見つかれば営倉送りではすまない。鞭打ちの刑である。この刑が原因で死んだ囚人も出ている。改めて考えるまでもなく、密輸は止めるに越したことはない。酒の密輸はオシップに何の利益ももたらさない。だが、密輸に魅せられた時のオシップには、利害損得の計算も普段の常識も恐怖心もなくなる。

ドストエフスキーはこういうタイプの人間を本編で、特に力をこめて描いている。叙述の重複を避けるため、逐一の言及はしないが、特別監房囚ペトロフ、「赤いルパシカと銀一ルーブリ」で重罪を背負い込んだスシーロフ、巨大な蜘蛛を連想させる凶悪犯ガージン等、彼らはみな思い込んだら理非の弁別を超えて行動する人間たちである。ドストエフスキーはこうした人たちと日常生活を共にするにつれて、人間はかならずしも知性、理性によって生きるのではない、という事実を知らされる。非合理的な存在としての人間、この考えがやがて『地下室の手記』を生み出すのである。そのテーマは本書の最後に考察を予定している。

ドストエフスキーはオシップについて次のように述べているが、作家からこれほどの賛辞を得た囚人はまれである。

密輸入者は自分の情熱で仕事をし、それを天職と心得ている。彼らはいくぶん詩人なのである。いっさいのものを賭けて冒険をあえてし、恐るべき危険に向かって突進し、詭計を弄し、工夫を凝らし、たくみに難関をのがれるのである。時としては、一種の霊感によって行動することさえある。▼26

囚人用の食事を作っている小心で、気弱な男を、「一種の霊感」に満ちた「詩人」にさせたものは一体何であったのか？　自分の知力と体力の全てを注ぎ込んで、思うがままに行動し、警戒網をまんまとかいくぐって酒の持ち込みに成功した時の達成感、これこそがこの男を駆り立てたのである。獄にあって自由を奪われているからこそ、〝俺にしかできない、俺なりの自由〟の実現に命を賭けるのである。かくほどに「自由」は人間にとり本質的な属性なのである。言うまでもなくこの「自由」は西欧の政治的な意味でのそれとは、縁がない。それは、何ものにも妨げられない絶対個我の内面的自由とでも言っておこうか。

本編には、ドストエフスキーの透徹した観察と明晰な表現力のおかげで、読者には忘れがたい囚人がたくさん登場する。たとえば、普段は単純な男なのだが、時代の変革期には突然歴史の表舞台へ飛び出す気概を見せるペトロフ、酔うと底知れぬ腕力を出して凶暴化するガージン、分離派教徒というだけで無期懲役となったが、常に明るい笑みを忘れない温厚なヴォローノフ老人等々、これらの諸人物については、先学・先輩諸兄姉が既に十分論及されているので、著者の屋上屋は不要である。本編巻末近く、出獄に際して記したドストエフスキーの愛惜を込めた述懐を引用して、本章を終わろう。


じつにこの人たちはなみはずれた人間ばかりだった。彼らはおそらくわが国の民衆ぜんたいの中で最も才能ゆたかな、最も力強い人々なのではあるまいか。しかし、その逞しい力がいたずらに滅びたのだ。変則に、不当に、二度とふたたび返ることなく滅びたのだ。が、それはだれの罪だろう！

じっさいだれの罪だろう？[27]

第三章 「土地主義」宣言

第一節 兄ミハイル、弟フョードル

一八四九年四月二十三日、「ペトラシェフスキーの会」のメンバーが一斉に逮捕された時、ドストエフスキー兄弟の三番目の弟、アンドレイも逮捕された。アンドレイは年上の兄二人が工兵学校へ進んだのとは異なり、建築学校を優秀な成績で卒業（首席卒業生として名前が大理石板に刻まれた）し、四八年には「交通路省」に奉職していた人物であった。アンドレイは兄二人と兄弟としての交流はあったものの、文学とは無縁で、政治運動にはまったく関係がなかった。兄ミハイルは、一斉逮捕があったその日友人を訪ね、アンドレイまで連行されたが、それはきっと当局の誤認逮捕によるもので、近いうちに「ぼく〔ミハイル：引用者〕が捕まるだろう」と言っていた。当局は誤認逮捕にすぐ気がつき、アンドレイは二週間たらずで釈放された。入れ替わるようにミハイルが検挙された。

ドストエフスキーの文学を述べる場合、弟フョードルの存在があまりにも大きすぎるので、兄ミハイル・ミハイロヴィチ・ドストエフスキーはフョードルを陰で支える舞台裏の人物の一人と見られがちである。数多く出回っている「ドストエフスキー伝」は当然主軸をフョードルに置いて描くので、ミハイルに関しては断片的な記述しかないのが現状である。本節では、ミハイルについて二点、気づいたところを記そう。

父親は二人を工兵学校へ入学させたかった。一八四〇年前後、ロシア陸軍は西欧との西部国境に沿って要塞を築くことが急務と考えたらしく、技術将校の養成は一般兵科の養成とは別枠で特に力を入れていた。父親はこの動向を察して二人を工兵学校へ向かわせたのであろう。三八年一月に兄弟は揃って受験した。フョードルは合格した。だが、ミハイルは不合格となった。ここで「不合格」の原因について、著者手持ちの資料によって、若干追跡してみたい。

E・H・カー『ドストエフスキー』は「体格が不適当として――」、志水速雄『ペテルブルグの夢想家』は「身体検査で不適格とされ――」、H・トロワイヤ『ドストエフスキー伝』は「ミハイルは体が虚弱ということ」で、筑摩書房『ドストエフスキー全集　別巻』巻末年表は「身体検査の結果不適格」、グロスマン『ドストエフスキイ』は記述なし。そしてドストエフスキーに関する日付、資料等に関して最も詳細で、かつ信頼の置けるグロスマン、新潮社『ドストエフスキー全集　別巻　年譜』は、「受験の前に身体が悪いことを工兵学校医長」に指摘された、との記述はあるが、ミハイルの不合格についての記述はない。

ところが、米川正夫『ドストエーフスキイ全集　別巻』の「ドストエーフスキイ研究　年譜」では、「兄ミハイルは身体検査の誤診で不合格」（傍点は引用者）と明記してある。そして、「――入学試験の時の身体検査に、工兵学校の校医主任をしていたヴォリケナウが、完全に健康であった長兄ミハイルのほうを肺病と診断し――」（前掲、三四頁）と「誤診」の内容を明らかにしている。上に挙げた伝記類の記述に誤りがあるわけではないが、「不合格」の原因が漠然としていて説得力に欠ける。米川氏は肺病と誤診したと原因を明記して、校医の名前まで明らかにしている。米川氏は一次資料、もしくはそれに近い資料を確認した上での明言なのであろう。著者個人は、米川「誤診」説を採りたい。

ミハイルの不合格の原因について、われわれとしては深くこだわる必要はないが、当のミハイルにとっては大きなショックであったに違いない。彼は不合格のためにレーヴェルで暮らすこととなった。このレーヴェルはバルト三国のうち最北に位置する現在のエストニアの首都、タリンの旧名である。レーヴェルは十一世紀頃から商業貿易の都市として、また、ペテルブルグとラトビアの首都リガを結ぶ内陸路の中継地として栄えた所だが、ピョトール帝の時代にロシアに編入されたものの、十九世紀前半の時代でも、住民の多数は新教を信仰するエストニア人、ドイツ人であった。ミハイルは言語、信仰、風俗等異なる土地での暮らしに相当な困惑があったに違いない。それ以上に、文学に熱い想いを抱く弟と別れ、学術、文芸の中心都市ペテルブルグから切り離されたことは、彼のその後の人生に大きな転換となった。

不合格となってレーヴェルへ赴いたミハイルは、その後どのように暮らしたのであろうか、それには異なった二説がある。読者諸氏には再度テキスト・クリティークにお付き合い戴こう。

前掲カーの『ドストエフスキー』では、「兄ミハイルは体格が不適当というので（中略）数ヵ月後、レヴァルの工科学校に入学した」（二〇頁）とある。志水前掲書では「――ペテルブルグの中央工兵学校よりもやや程度の劣るレーヴェルの工兵学校に入学した」（七四頁）となっている。前掲トロワイヤはいくぶん慎重ながら、「――学校側は付属校のあるレーヴェルにミハイルをいかせて授業を受けさせることにした」（三三頁）と書いている。

学校へ入学したというこの説に対して、前掲筑摩『ドストエフスキー全集　別巻』の年譜は「兄、レヴェリの工兵団に入るために出発す」（四五八頁）とある。グロスマンの『ドストエフスキイ』では、「レーヴェルの工兵隊でひきつづき教育を受け――」（二九頁）と記している。筑摩『ドストエフスキー全集　別巻』に収められている「デー・ヴェー・グリゴローヴィチの回想記より」でも、「工科学校の試験に落ちて、技術工兵中隊に入り――」とある。この問題は、グロスマン『年譜』が「兄ミハイル、予備工兵士官二級候補生としてレーヴェル工兵隊に転勤を命ぜられる」、「四月二十五日、兄ミハイル、レーヴェル工兵隊に着任する」（三九頁）と明記したことによって、最終的に解決されたと見てよい。

ミハイルは軍隊勤務で順調に昇進し、四一年には野戦少尉補、四五年にはレーヴェル工兵隊事務局一課長になった。この間、彼は四二年一月にレーヴェル生まれのエミリヤ・フョードロヴナ・ジトマールと結婚し、翌年十一月には二人の間に男の子が生まれた。彼は地道に軍隊生活を続けていたものの、しかし文学への情熱にはいささかの変わりもなかった。レーヴェルではまとまった創作は手がけなかったが、毎月、『祖国雑記』の評論欄を担当し、『炬火』（スヴェートチ）にも翻訳を連載していた。特にその頃、シラーの『群盗』、『ドン・カルロス』の翻訳に集中した。参考までに、グロスマン『年譜』では「ミハイル訳の『群盗』は名訳の一つである」と紹介されている。

そのミハイルが四七年八月に弟フョードルへ、レーヴェルを引き払ってペテルブルグに住むつもりだと手紙で告げて、十月には工兵少尉として退官し、一家は翌年初めからペテルブルグで暮らし始めた。なぜこの時期に彼は退官を決意したのかについては、前掲各種ドストエフスキー伝はいずれも触れていない。西欧の政治・社会情勢というグローバルな視点に立てば、この時期はフランス二月革命直前の緊迫した情報がロシア社会にどんどん入り込んで、反体制派知識人はその動向に熱い視線を送っていた。彼らは首都で活発な活動を強めていた。弟フョードルは「ペトラシェフスキーの会」でますます過激な活動へ向かっていた。ミハイルがそうした諸動向に無関心でいたとは考えにくい。ミハイルはロシア帝国の属地レーヴェルで暮らしてほぼ十年、当然自分の将来の生活や活動についてあれこれ考えざるを得ない時期に来ていたはずであった。フョードルは兄のそんな心境を察してだろう、四七年一月に、

ぼくはあなたのことをいろいろと、苦しいほど考えました。なつかしい兄上、あなたの運命は苦しいものです！　その健康状態で、そういう思想をいだいて、周囲にまじわるべき人もなく、祭日というのに倦怠に悩まされ、神聖な楽しいものとはいいながら、苦しい重荷である家族をかかえての生活は、やり切れたものではありません[1]。

兄さん、いつかペテルブルグでいっしょになれるでしょうか。相当な俸給がもらえるなら、文官勤務はどうでしょう、なんとお考えになります[2]。

と、手紙を兄へ送っている。フョードル自身、兄の転居を一日千秋の思いで待ち焦がれていたのであった。なお、フョードルは手紙の中で兄の健康状態を心配しているが、どのような状態なのか言及はない。ミハイルは五九年三月に「この春は死ぬかと思った」というほどの大病を患ったこともあって、もともと健康に不安があった人らしい。

ミハイル一家がペテルブルグで定住するにつれて、ミハイルの生活に一つの変化があった。筑摩『ドストエフスキー全集』「年譜」一八四八年の項に、「この年、兄、タバコ工場の経営をはじめる」とだけ記載がある。グロスマン『年譜』では、一八五二年の項に「秋。兄ミハイルが、財産分配金を元手に煙草工場を営む」となっている。「財産分配金」とは、彼らの父親の所有していた領地を処分して兄弟妹で分配したと『年譜』が明らかにしている。どちらの年譜が正しいのか、著者には判断がつきかねるが、ミハイルはこの頃煙草工場の仕事を始めたことに間違いはない。このことは、ミハイルが文筆一本で家族を養う途を断念したことを意味している。「工場の経営」の実態については、類書に二、三言及が散見されるがまとまったものはない。一時期、紙巻煙草に景品を付けて売り出し、好評を得たこともあったらしい。ミハイルはもちろん、工場の経営にだけ専念したわけではなかった。文学仲間との交流も以前に増して盛んであったし、ヴィクトール・ユゴーの翻訳を手がけたのもこの時期であった。文学活動と工場の経営といういわば「二足の草鞋」の生活を始めたのである。

煙草工場の経営というミハイルの判断は、家族にとっても、またフョードルにとっても良かったのではあるまいか。ニコライ一世の死後ツァーとして登場したアレクサンドル二世は、ロシア社会を諸方面にわたって改革しようとしていた。それに応えるかのように、ロシア社会はニコライ一世の時には見られなかった活況を呈していた。ミハイルが始めようとした紙巻煙草の製造・販売は、こうした機運に沿った新しい試みの一つであったのだろう。また、流刑時代、セミパラチンスクにいるフョードルからは、現金の要求やら書籍の差し入れ依頼がひっきりなしに来ていた。兄はそれらについてできる限り応じてやっていた。フョードルの書簡がそのことを証明している。また、フョードルの獄中での安全や、早期の首都帰還を願って、ミハイルが当時の社会慣行として、然るべき要路に少ないながら金品を用意したと想像することもできよう。一家を養いながら、ミハイルにはあれやこれや経済的な負担が大きかったのである。

そのミハイルが四九年五月に逮捕された。約一カ月半ほどの取り調べの後、「M・M・ドストエフスキーは、政府に対して犯罪の事実が全くなく、むしろ反対の行為に出ていた」（前掲、グロスマン『年譜』一〇九頁）として釈放された。このミハイルの釈放については、彼に不利な「噂」がある（前掲、グロスマン『ドストエフスキイ』二二四頁参照）が、本書では触れないでおく。

兄、ミハイル・ミハイロヴィチ・ドストエフスキーについて、各種ドストエフスキー伝にはまとまった記述はない。彼に関するわずかに散見される記述をつなぎ合わせながらミハイルを再現する以外にない。たとえば、『時代』誌刊行の準備を担った中心人物が誰であったのかというごく基礎的な点さえ、われわれには明らかでない。準備を担った中心人物は、むろん、弟フョードルではない。雑誌刊行の準備期間と目される一八五七〜五九年、フョードルはまだペテルブルグに帰還していなかった。ミハイルが中心になったのではなかろうかという推測は当然成立するが、どのように立証するのか？　この課題に回答してくれたのがグロスマンの『年譜』である。

〔一八五八年：引用者〕六月十九日。兄ミハイルが、政治・文学雑誌《時代》の発行許可申請書に編集予定案を添えて、サンクト・ペテルブルグ検閲委員会に提出する。[3]

十一月四日。サンクト・ペテルブルグ検閲委員会が、第一〇一〇号文書で《時代》誌の発行を許可すると兄ミハイルに通達し[4]（以下略）

これでミハイルが雑誌作りの中心にいたことは分かったが、雑誌名から編集方針までミハイルが一人で作りあげた、と考えるのは不自然である。当然、協力者がいたはずであるが、この点もあまりはっきりしない。『時代』は六一年一月に創刊号が出て、約二年半後、六三年五月に発禁処分を受けて廃刊となった。その間、同誌に執筆協力した主だった人物に、オストロフスキー、ネクラーソフ、サルトゥイコフ・シチェドリン、ポミャロフスキー、アポロン・グリゴーリエフ、ストラーホフ等を挙げることができる。このうち、グリゴーリエフはドイツの観念哲学者・シェリングの美学を基礎にして〝芸術は現実という土壌から有機体のごとく生育し、理念的世界を反映する〟という「有機的芸術論」を主張していた。ちなみに、雑誌のキャッチ・ワード「土地主義」は、彼が名づけ親であった。ストラーホフはスラヴ派系の雑誌に哲学論文を発表して、にわかに注目された若手批評家で、彼も「有機的芸術論」の立場であった。この二人がミハイルに協力した人物であったらしい。以上のように、『時代』はフョードルが首都へ帰還する以前に、雑誌名、編集内容等、あらかたの紙面ができあがっていたと見てよかろう。

　そのフョードルが兄の出版計画を初めて知ったのは、五八年七月であった。「あなたが来年どんな出版を計画しているのか、知らせてください。なるべく詳しく書いてください」と書簡にある。実はこのころ、ミハイルは多忙であった。出版計画が進捗して、その方面に多くの時間を取られている時に、煙草工場の経営が経済変動の煽りをくらって、大きな損失を出してしまった。彼はペテルブルグに定住してほぼ十年、文学活動と工場経営という二足の草鞋を履いて生活してきたが、おそらくこの時期に諸般の事情を考慮した末、彼はジャーナリストとして暮らしを立てようと決意したらしい。雑誌作りは、彼の爾後の生活を支える重要な事業となった。忙しくなった分、ミハイルは流刑地にいる弟のこまごました要求に応じきれなかった。

　弟が兄の詳しい出版計画を知ったのは、その年の九月になってからであった。

> お手紙に書いてあった新聞は、実にいい考えです。ぼくも前からそういった刊行物のことが頭に浮かんでいました。しかし、それは純文学的な新聞なのです。何より肝要なのは、文学的な中間読物、諸雑誌の月旦、いいものと間違ったものとを見分ける批評、いま滔々とひろまっている仲間ぼめを退治すること――。▼5（傍点は原文）

とフョードルはミハイルの計画に全面的に賛成している。ただしこの手紙は上記の引用に続いて、しかし、ただ問題になるのは、――いったいあなたはほんとうに新聞を発行しますか？　なにしろ、工場を続けながらやっていくのは、容易なことじゃありませんからね。大丈夫ですか、兄さん。第二は、ぼくは決してペテルブルグには住みませんから、あなたの手伝いをするのがむずかしいということです！▼6

上の引用中「新聞」について簡単に注記すれば、ミハイルは最初「本誌は週一回の発行」として検閲委員会へ出版許可願いを出したのだが、後に月刊誌へ変更した。この変更はフョードルが首都へ帰還した後のことであった。フョードルが心配していた「工場」は雑誌発行の直前に処分して、残金は出版事業の元手へ回した。

一八六一年一月、フョードルが執筆した「土地主義宣言」（正式には、「雑誌『ヴレーミャ』創刊に際しての予約募集広告文」）を巻頭に掲げて、『時代』が創刊された。宣伝が功を奏したのであろうか、創刊号は予約購読者だけで二千三百人、二年目は四千三百人、三年目は四千人という大成功を収めた（内村剛介『ドストエフスキー』講談社、七一頁参照）。フョードルの『死の家の記録』の連載がこの成功に大いに貢献したのは言うまでもない。当時二千五百名の予約購読者があれば、出版社は利益が出せたと言われていた。

ドストエフスキーに関して記せば、彼の次の行動目標は、一日も早いペテルブルグへの帰還であった。次節でその点を検討する。上記の引用中の「ぼくは決してペテルブルグには住みませんから」の注目すべき発言もそこで解明される。

クリミア戦争の敗北必至の情勢の中で、一八五五年二月、ニコライ一世が病没した。近々に新皇帝が即位し、その際、戴冠式には必ず〝恩赦〟がある——、ロシアの政治犯は恩赦を期待して沸き立った。フョードルは皇帝の死をペテルブルグへ帰還できる最大のチャンスと見て、彼のできるあらゆる手段に訴えて恩赦に与ろうとした。過去の経緯にこだわって躊躇する余裕はなかった。かれは、自分に死刑判決を下した当のニコライ一世の死を悼む長詩を作成し、ヴランゲリ男爵を介して軍団長へ提出した。続いて、新帝アレクサンドル二世の母君に当たるアレクサンドラ皇太后へ「御誕生日に寄せて」と題する頌歌を奉呈した。

五六年二月、ヴランゲリ男爵が任期半ばにしてペテルブルグへ帰任することになった。フョードルは、男爵がトットレーベン兄弟を訪ね、帰還の取り成しをしてくれるように、懇ろに依頼した。アドルフ・トットレーベンとは、青年時代中央工兵学校の同級生の間柄であった。その兄は、有名なセバストポリ要塞攻防戦で勇名を馳せたエドアルド・トットレーベン将軍で、当時侍従武官長の要職にあった。「二人とも深くドストエフスキーに同情した」とヴランゲリの『回想記』にある。フョードル自身もトットレーベン将軍に、流刑地での軍役退官と作品の発表許可の皇帝への直の執奏を懇請した。フョードルのこの努力は、「——合法と認められる出版の権利と文学の仕事は、自由にさせる」（グロスマン『年譜』一三七頁）との武官長からの返信で報いられた。五七年四月には、ペトラシェフスキー事件で剥奪された世襲貴族の権利も復権した。フョードルを取り巻く情勢が徐々に好転し始めた。

五八年一月、フョードルは病気を理由に、退官願いとモスクワ居住許可を軍へ提出した。当時のさまざまな情報を総合すると、直ちにペテルブルグ居住は困難であって、むしろモスクワの方が許可が下りやすいのではあるまいか、という判断がフォードルにあったのである。そこで先に記したドストエフスキーの手紙、「ぼくは決してペテルブルグには住みません」へつながる。ところが、退官願いは早々には実現しなかった。一年以上待った五九年三月になってようやく、シベリア軍団本部はドストエフスキーにペテルブルグとモスクワへの立ち入り・居住を禁止した上で、彼の除隊を認めた。ようやく退官はできたものの、ペテルブルグの居住は認められなかった。落胆したドストエフスキーはやむなく、ペテルブルグとモスクワのほぼ中間に位置するトヴェーリという小さな町に落ち着くことにした。兄には、セミパラチンスクから「六月十五日にはトヴェーリへ向けて出発します」と連絡を入れた。

彼にはこの町はよほど気に入らなかったと見える。「陰気くさくて、寒くて、石造の家が並び、なんの動きもなく、なんの興味もありません、――図書館らしい図書館さえない始末です」、「トヴェーリはそれ〔セミパラチンスク：引用者〕より千倍もいやらしい」とヴランゲリへ町の印象を書き送っている。町はかれに気に入らなかったが、町の人々から偶然も重なり、彼にはいくつもの幸運が授けられた。

昔、ドストエフスキーはペトラシェフスキーの会で、ヴァシーリ・ゴロヴィンスキーという若者と知りあいになったことがあった。ドストエフスキーはこの若者を「会」の過激なグループ「金曜会」へ誘った。ゴロヴィンスキーはその会合で、農奴解放や裁判制度の改革等について意見を述べるほど活動的であった。そのためにゴロヴィンスキーも逮捕され、シベリア流刑に処せられた。そのゴロヴィンスキーがどのような事情か不明だが、今、自由の身でトヴェーリに数日滞在していた。二人は十年振りの旧交を温めた。ゴロヴィンスキーはドストエフスキーの置かれた困難な立場を直ちに理解して、ドストエフスキーをトヴェーリ市の社交界へ連れ出して、市の著名な人物たちを紹介してくれた。

ドストエフスキーは、県知事夫人の令嬢時代に、彼女とは首都のある文学会で旧知の仲であった。県知事であり、トヴェーリ市総督、侍従武官、陸軍少佐、伯爵でもあるパーヴェル・バラノフはドストエフスキーに深く同情して、首都帰還へ向けて積極的に力になってくれた。ある日、ドストエフスキーが憲兵総監V・A・ドルゴルーコフ宛の請願書を持って相談に行くと、知事は「総監は皇帝に随行して旅行中なので、帰京を待ったほうがいい」と忠告を与えてくれた。別の日には知事は、皇帝に直接嘆願書を奏請することを勧めてくれた。その上、その奏請文はバラノフの従弟に当たる人物を介して、皇帝に直接奏提するようにしたい、という温情極まる申し出があった。さらに、知事は自ら憲兵総監ドルゴルーコフへ私信を送り、ドストエフスキーのペテルブルグ帰還について「――閣下の格別強力なお力添えをお願いする次第」云々としたためてくれた。

こうしたトヴェーリ県知事の情理を尽くし、筋目を通した活動に、宮廷上層部も動かされて、トッ トレーベン将軍は総監ドルゴルーコフ、侍従武官長チマシェフと会合を持ち、その席で三者はドストエフスキーのペテルブルグ居住を「快く同意」したのであった（以上、グロスマン『年譜』一五七‐五八頁参照）。こうした周囲の尽力によって、フョードル・ドストエフスキーは一八五九年十二月十六日にペテルブルグへ帰ることができた。

ドストエフスキーがトヴェーリに滞在したのは、わずか四カ月に過ぎなかった。その地は彼の長い人生からすればほんの一通過点に過ぎなかったが、いろいろな面でかれは幸運に恵まれた。また、事大主義を事とするロシアの政・官界で、上層部が一流刑人について短日時にかくも活発に動いたのは、異例のことではあったろう。ここには、ドストエフスキーを見る周囲の人々の温情だけではなく、〝この男をもう一度ペテルブルグの文壇に立たせて、その創作活動を見たいものだ〟というドストエフスキー文学への期待もあったのではなかろうか。

第二節　予約広告文

一八六一年一月に発刊された『ヴレーミヤ』創刊号には、編集者・ミハイル・ドストエフスキーの名で「土地主義宣言」が掲載されて、この雑誌の思想的・理論的立場が宣言された。論文の署名は兄、ミハイルの名になっているが、執筆は弟のフョードルによるものである。「宣言」は三つの部分からなっている。まず、一八六〇年前後のロシアの大状況が論ぜられ、次いで近時の言論界に対する批判が続き、最後に創刊号の「目次」が詳しく紹介されている。なお、「宣言」という用語は『ヴレーミヤ』同人は用いていない。「土地主義宣言」は、翻訳者米川正夫氏が創刊号から六二年度の「広告文」までをまとめて、編集上名づけたものであって（『全集』第二十巻、三三八頁参照）、著者もそれを便宜上用いている。はたして、創刊号「予約募集広告文」が「宣言」の名に値する内容を有しているのかという点も含めて、本節では大状況を論じた部分に焦点を当てて検討する。

「宣言」は冒頭で、「われわれはこの上もなく注目に値する、しかも危機的な時代に生きている」と述べている。一八六〇年前後数年間をロシアにとって稀に見る危機的時代という見解は、政界、官界はもちろん、当時の文壇・論壇の大方が一致する認識であった。一九〇五年の「血の日曜日」以上に危機的であり、一七年革命に次ぐ深刻さである、と論ずる研究者もいる。しかし何にとって危機なのか、誰にとって危機なのか、その受けとめ方については当時スラヴ派、西欧派をはじめとしてそれぞれの立場に応じて当然異なっていた。西欧派にとってはロシア社会がイギリス、フランスのような民主主義的改革に成功するか否かについて、スラヴ派は土地付き農奴解放が実現するか否かについて、「危機的」な時代という認識を持っていた。農奴所有者である多くの貴族は改革派とは逆の立場から深刻な危機意識を持っていた。アレクサンドル二世の下で諸改革の現場に立ち合っている革新的官僚たちは、改革と皇帝権力との微妙なバランス維持に「危機的」なものを感じていた。だが、『ヴレーミャ』の立場はそれらのいずれでもなかった。

われわれはこの上もなく注目に値する、しかも危機的な時代に生きているのである。われわれの意見を証明するために、最近、一部の思索する人々によって異口同音に表明されたロシア社会の新しき理念、ならびに要求を、とくに指摘することはやめておこう。また現代に端を発した偉大なる農民問題をも、あえて指摘しないことにする――これらはすべて、単なる現象であって、わが祖国ぜんたいにわたって平和的に、万人一致のうちに成就されんとしている偉大なる転換の徴候にすぎない。(中略)この転換は教養階級ならびにその代表者と、国民的根元との合流であり、偉大なるロシア国民ぜんたいと、わが現実生活のあらゆる要素との合体である。▼7

この土地主義宣言の広告文は六〇年九月に発表され、当の『ヴレーミャ』創刊号は六一年一月に刊行された。だが、同じ六一年二月十九日は、アレクサンドル二世による農奴解放令が公布された歴史的な日であった。農奴解放令は五七年から政府内部で検討されて、五九年には法案作成まで進捗し、六〇年十月にはついに法案作成が完了した。農奴解放令の骨子は五七年頃には知識人のみならず、農民の間にも広く知れわたっていた。有識者は政府へ請願書の提出を、学生たちは実力行動をもって、農民は各地で一揆をもって改悪の方向へ向かおうとする政府案に対抗した。六〇年前後数年間は、ペテルブルグを中心にしてロシア全土が農奴解放問題をめぐって沸きかえっていた時期であった。

『ヴレーミャ』同人は上のような極めて重大な農民問題に直面しながら、土地主義宣言では、「これらはすべて、単なる現象で」あり、いずれは「平和的に」、「万人一致のうちに」解決するだろう、と〝希望〟を述べるに止まっていた。一体、「農民問題」、より正確には農奴解放問題は『ヴレーミャ』同人が表明しているように、「単なる現象」なのであって、「あえて指摘しない」つまり、『ヴレーミャ』独自の見解は必要としない程度の軽い課題なのであろうか？　ツルゲーネフは既に若い時代に、彼が所有する農奴の生活を観察しながら、農奴制に関して一論文をまとめたことがあった。その骨子は七項目からなっていて、それらの詳細はここでは避けるが、要点は①土地の共同所有のあり方、②農奴の地主への人格的隷属、③農業、畜産、林業の学術上の奨励、④農業生産物の貯蔵、流通改善等々を列挙して、農奴は古い家父長的関係を残しながらも、いずれは西欧のような市民的秩序へ包摂されるであろう、と遠い見通しまで語っていた（外川継男『ゲルツェンとロシア社会』御茶の水書房、一四・一九頁）。

上記『ヴレーミャ』の立場は、実質的には焦眉の問題からの逃避と考えてよかろう。同誌は最も重要な課題に逃げを打っておいて、後は「わが祖国ぜんたいにわたって平和的に、万人一致のうちに成就する」と言葉を飾るに過ぎなかった。また、『ヴレーミャ』同人は農奴解放について、「革命」という言葉はもちろんのこと、「改革」という語さえも避けていて、「転換」という用語を使っている。皇帝は国権の威信を賭けて、貴族階級は貴族制度の弱体化を恐れて、スラヴ派はピョートル改革以前の時代へ回帰する最大の好機として、そして西欧派は念願の西欧並みの人権思想の実現を期待しているその最中に、『ヴレーミャ』だけは、まるで機具の置き場所を入れ替えるがごとくに、改革を軽く「転換」と言う。

上記引用の後段部分についても、同じような批判が成り立つ。『ヴレーミャ』は「この転換は教養階級ならびにその代表者と、国民的根元との合流であり、偉大なるロシア国民ぜんたいと、わが現実生活のあらゆる要素との合体である」（傍点は引用者）と記している。「教養階級」が知識人を、「国民的根元」が民衆、なかでも農民を指しているのは間違いない。『ヴレーミャ』の立場は「合流」あるいは「合体」という〝和解〟の提議であった。この点は、『ヴレーミャ』の思想体質をよく表していて、特に注目しなければならない。この時代に和解の提議がはたしてどの程度有効であったのか、そこが検証されなければならない。『ヴレーミャ』と真っ向から対立した西欧派の中で、華々しく活躍した闘将ゲルツェンの主張と比較する時、『ヴレーミャ』同人の政治的立場が一層鮮明になる。

アレクサンドル・イワノヴィチ・ゲルツェン（一八一二‐七〇）は三十歳中頃まで、哲学論文や長・短編小説等を発表して文筆生活を送っていたが、四七年にロシアを後にして、再び祖国の土を踏むことなく、パリやロンドンで亡命生活を送りながら、ロシアの改革運動をいわば外から強力に支援した。彼は自由、人権等の西欧の理論や制度を基礎にして、ロシアの改革を進めようとした思想家であったが、晩年には、ナロードニキ運動の創始者の一人として、ロシア独自の社会主義建設に向けて挺身した人物でもあった。五三年に、僚友ニコライ・オガリョーフと共同で「自由ロシア出版所」を設立した。五七年からは『鐘』という「——アクティヴで完全に政治的な反体制の月刊紙」（外川継男『ゲルツェンとロシア社会』五七頁）を刊行した。同紙はポーランドの革命家の協力を得て、秘密裏にロシア国内へ持ち込まれ、農奴解放運動に大きな影響を与えた。農奴解放に関する『鐘』の立場は、農奴の土地付き解放（のちに所有権も承認）、検閲と体罰（鞭打ち刑）の廃止という比較的穏健な主張であった。そのため、貴族制度を温存しつつ農奴解放を容認するリベラル派からも広い支持を得た。一八六一年、解放運動が最も高揚した時期に、『鐘』の発行部数は二千五百部に達した、と言われている（同上、九四頁参照）。ロシア国内はもちろん、国外でも出版、輸送、販売について、ロシアのスパイやイギリス政府の妨害に遭いながらのこの発刊部数は驚異的な数字と見てよかろう。当時のロシアの出版事情から考えて、同紙は国内で当然「回し読み」されたであろうし、あるいは「手書き」が作られたかもしれないから、実際の読者数はその三倍を超えたとも言われている。

農奴解放令は一八六一年三月に公布された。解放令の内容が明らかになるにつれて、知識人も農民も一斉に反対の行動に出た。ロシア中が、特にペテルブルグが農奴解放問題で溢れかえっていた。この情勢をゲルツェンはどう見ていたのか？　彼は同僚に、一時期信頼を寄せた「アレクサンドル二世が急速に駄目になってゆくように信じ始めている」と語って、さらに『鐘』紙上で、

耳を傾けて聞かれよ。——闇とても聞くのは妨げえないだろうから。ドンからウラルから、ヴォ

ルガからドニエプルから、巨大なるわが祖国のいたる所から呻吟が大きくなり、不平の声があがっている。▼8

参考までだが、ゲルツェンと長い間親交のあった名門貴族出のツルゲーネフは、もし政府案が今以上に後退することがあったら、ロシアは破局を迎え、安定した貴族制度の維持は困難に立ち至るであろうとの手紙を、ツアーに奉呈している。

状況はこのように切迫していた。革新諸派と政府・保守派の対立は、力対力の対決を濃厚にしていた。そうした中で、『ヴレーミヤ』は両派の「合流」、「合体」を主張したのである。一体、『ヴレーミヤ』は当時の政治・社会状況についてどのような見解の下に、「合流」、「合体」という和解提案をしたのか、『ヴレーミヤ』の主張をスラヴ派と西欧派の論争過程に沿って検討しよう。

第三節　折衷論

一八三〇年代からおよそ半世紀の間、ロシア知識人の間には国論を二分する大きな論争があった。それはよく知られるように、スラヴ派と西欧派の対立であった。スラヴ派と西欧派との違いをひと言で表せば、ピョートル帝の改革を容認する立場が西欧派であり、その改革を拒否したグループがスラヴ派であった。西欧派は、西欧（主としてイギリス、フランス）とロシアは歴史の進展方向において原理的な相違はなく、地理上の点からもロシアはヨーロッパ大陸の一部分である、ただし西欧諸国と比較した時ロシアの歴史は著しく後れているので、ロシアは進歩している西欧文明を積極的に取り込むことが急務である、と年来主張してきた。これに対してスラヴ派は、ロシアには西欧に見られないロシア独自の生活様式が、古いロシア（十三世紀頃栄えたモスクワ公国までさかのぼるらしい）以来あって、その伝統を基に社会のあり方を決めるべきだ、と訴えてきた。

『ヴレーミャ』同人は、スラヴ派と西欧派のそれぞれの主張を検討して、『ヴレーミャ』にとって「好ましい」部分を自派へ取り込み、「好ましくない」部分については批判を加えて拒否した。その上で、両派の「好ましい」部分を一本にまとめて、「土地主義」という名をつけた。この立場は、すなわち〝折衷〟論である。論証しよう。

この国民はすでに百七十年まえから、ピョートル大帝の改革に愕然として遠ざかり、それより以来、教養階級と分離され、自分自身の独特な自主的生活をしているのである。[9]

ピョートル大帝の改革はそれでなくとも、われわれ〔知識人：引用者〕にとってあまりにも高いものについた。それはわれわれを民衆と分離したのである。そもそもの初めから、民衆はこの改革を拒否した。[10]

『ヴレーミャ』同人はピョートル改革を否定する立場を選択した。スラヴ派寄りの立場に立って、その上で知識人と民衆との和解の提案をしている。まず第一に、「民衆はこの改革を拒否した」とはっきり言っている。次いで、知識人はこの改革のために民衆と長期にわたる分離を余儀なくされた、と述べている。事がロシアの国造り、国家の進路に直結している大問題だけに、ここでの問題は妥協とか譲歩というものを見出すのが困難なはずである。『ヴレーミャ』の主張をさらに追ってみよう。

しかし、今ではこの分離も終わらんとしている。現代までずっと続いてきたピョートルの改革も、ついに最後の限界に達した。これ以上すすむこともできないし、また行くところもない。道がない。道は歩みつくされたのである。ピョートルに続いたすべての人は、ヨーロッパというものを知り、ヨーロッパの生活に合流したけれど、ヨーロッパ人にはなれなかった。▼11

「――ピョートルの改革も、ついに最後の限界に達した」、この認識はスラヴ派はもちろんのこと、西欧派の一部も共有していた。この点は、次章『夏象冬記』で検討する予定であるが、この認識は西欧の市民生活が革命の情熱を失い、所有欲に固執するプチ・ブルジョア社会に陥ってしまったことを指している。この点は、『ヴレーミャ』同人もほぼ同じ立場に立っている。ただ、最初の一行、「現代までずっと続いてきたピョートルの改革も、ついに最後の限界に達した。これ以上すすむこともできない――」、この表現はなかなか微妙である。ピョートル帝の「改革」という事業は、過去百七十年間ロシア人が体験した歴史的事実であって、この事実を否定することはできない。その意味で、ピョートル帝の改革は「現代までずっと続いてきた」のであったが、「ついに最後の限界に達した」――これが、『ヴレーミャ』同人の立場であった。改革に曲折はあったにせよ、ともかく「現代までずっと続いてきた」その限りで、『ヴレーミャ』は過去百七十年のピョートル改革の実績を、認めたことになる。ピョートル帝以前の時代へ復帰するという思想に殉ずる決意を持つスラヴ派は、こうした曖昧な立場は取らない。ピョートル改革に対する断固拒否で一貫している。『ヴレーミャ』編集部の方は、上に見るように、現状追認という点で、ピョートル改革を半ば認めている。ここにも、『ヴレーミャ』の日和見主義が確認できるのである。

知識人と民衆の「合体」はいかにしたら可能なのか、『ヴレーミャ』は極めて抽象的な言い回しで次のように語る。

われわれの目的はおのれ自身の新しき形式、――われわれの土地《ポーチヴァ》から取られた、民族的精神、民族的根元から取られた、自分自身の肉身的形式を創造することである。▼12

この引用から「合体」についてなにか具体的なイメージが湧くであろうか?「土地」という用語がなにやら神秘めかして使われている、「自分自身の肉身的形式」とは具体的に何を意味しているのか分からないといった程度の印象しか（著者には）残らない。

ところが、この「土地」について『ドストエフスキーの青春』の著者、コマローヴィチが初々しい賛辞を捧げている。こういう見解もあるものか、少し長い引用になるが、参考までに紹介しておこう。

――ドストエフスキーは自分の内に「新しい言葉」のうごめきを感じて、いわば全身を震わせ、わなないていた。彼はその言葉を発するべき召命を受けたのであり、既にそれを語り始めつつあった。その「新しい言葉」という言い方そのものを彼は当時何度も用いているし、勿論それを言う権利も持っていた。一八六二年は、彼の社会評論活動が酣《たけなわ》を迎える年である。未だ模糊としてはいるが、「土壌《ポーチワ》」という思想が、まだ解明されていない秘密のように彼の心を酔わせ、彼を呼び招いていた。[13]

この引用に続いてコマローヴィチは、「土壌」が『罪と罰』の構想に役立ったと論述するのだが、その課題は本書のテーマからはずれるので、コメントは控える。ただ、上の引用はどんなものであろうか？　ドストエフスキーは『ヴレーミャ』の後継誌『世紀』が廃刊（六五年一月）なった以降、土地主義について言及がないことを考えると、この引用はコマローヴィチの〝過褒〟ではあるまいか。

再び『ヴレーミャ』の主張へ戻る。

スラヴ派に近い立場からピョートル改革を批判してきた『ヴレーミャ』ではあったが、しかし、「土地主義宣言文」では次のようにも表明する――。

> われわれは自分の過去を否定しはしない。われわれはその合理性をも自覚するものである。ピョートルの改革がわれわれの視野を広め、それを通じて、あらゆる民族の偉大なる家族の中における、われわれの将来の使命を理解した、その点をも自覚するものである。[14]

この短い引用の後半部分、「あらゆる民族の偉大なる家族の中における、われわれの将来の使命」

には、実は重大な課題が含まれていた。「将来の使命」とは、一八七〇年後半以降次第に、ロシア全土で声高く叫ばれるに至った「ヨーロッパ世界を救済するロシアの使命」を含意していた。その点は別稿に譲るとして、ここでは、『ヴレーミャ』のピョートル改革についてさらに触れなければならない。上の引用、「われわれは自分の過去を否定しはしない」とは、すなわち過去百七十年の歴史であるピョートル改革を容認するということであろう。さらに、改革が「われわれの視野を広めた」、「合理性」の自覚をも促した、つまりロシアは西欧世界に門戸を開き、国際社会の一員となった、とまでピョートル改革に高い評価を与えている。

「民衆はこの改革を否定した」という先の文言とピョートル改革についてのこの高い評価とはどのように整合するのか？　ここは、明らかに矛盾している。〝宣言〟とは自らの運動、組織の基本方針を内外的に明確にするところに意義がある。明らかな矛盾を抱えたこのような文章がはたして、「宣言」の名に値するものなのか？　『ヴレーミャ』編集部はあくまでも「広告文」と明記している。米川個人全訳第二十巻にある「土地主義宣言」と言われている論文は、予約購読を募集するための、読者に〝受けの良い〟文章となってはいまいか？

「予約広告文」から離れて別の論文を検討しよう。六二年二月の『ヴレーミャ』に掲載された論文「理論家の二つの陣営」は、無署名論文であるが、執筆者はフョードル・ドストエフスキーと確認されている。論文のタイトルから推察できるように、これもスラヴ派と西欧派批判を基調としている。ドストエフスキーはその論文の中で、発刊されて間もないスラヴ派の機関紙『ジェーニ』の社説を取り上げ、まずスラヴ派を批判する。

（スラヴ派は）――ピョートル一世以前の高みから降りて来ようとせず、ロシアの真の生活を侮蔑の目でながめ、モスクワ的レンズを通して、ロシアの現実を柄付き眼鏡《ロルネット》で見まわし、そこに何一つ、同感することのできるようなものを、見いだし得ないのである――[15]。

とドストエフスキーは断定した。

次に、ドストエフスキーは西欧派をどのように理解したのであろうか。西欧派が好んで用いる「一般人類的特質」という用語に、かれは特にこだわって西欧派批判をする。

われわれ（西欧派）の理想は、一般人類的特質によって性格づけられる。われわれは、どこにいても常に同一であるような人物を必要とする。すなわち、ドイツ人であろうと、イギリス人であろうと、フランス人であろうと、とにかく西欧で形成された人間の一般的タイプを、具体化した人物である。かかる人物が獲得した一般人類的なものを、すべての他国民に勇敢に与えてもらいたい、たとえいかなる環境であろうと、至るところへ、その一般人類的要素を導入してもらいたい[16]。

果たしてこの要約が、西欧派の見解をどれほど忠実に捉えたものなのか、若干の疑問は残る。たしかに西欧派は「一般人類的特質」、または「一般人類的理想」を強調する。ロシア人が獲得すべき当面のモデルが「一般人類的理想」という抽象的な概念の中に具現されていると考えるからだ。「一般人類的理想」とは具体的に言えば、ヨーロッパ市民社会が絶対王政や教条主義的宗教との長年の闘いの末に獲得した民主的諸権利を指している。ヨーロッパが獲得した諸権利（人権、民族、言語、宗教等）は、歴史や文化の違いを超えて、全ての人びとが享受し、かつ継承すべき価値を有する歴史的遺産であると、西欧派は考えた。それゆえに、一般人類的特質は国境を越えて、ロシアにもそのまま適応可能であると西欧派は主張している、とドストエフスキーはこのように論難した。

しかしロシアに適応可能だと言ったからといって、ドストエフスキーがややヒニカルに表現したように、一般人類的理想を体現したドイツ人や、イギリス人が世界中に常にどこにでも存在したわけではなかった。ドストエフスキーは「一般人類的理想」を意図的に単純化している。たとえば、上記主要三カ国の宗教（プロテスタント、アングリカン教会、カトリック）がそれぞれ異なるように、人権思想の受容もその後の発展も均一ではなかった。人権思想の主要な一つである自由を例にとっても、誤解を恐れずに単純に図式化すれば、イギリスでは自由は「交易の自由」が強調され、フランスでは政治的、社会的自由が要求され、ドイツでは哲学の分野において自由が深化したのは周知の通りである。「自由」はもともとフランスの啓蒙思想家たちによって大いに喧伝され、大革命期にナポレオンの対外遠征によってヨーロッパ各国へ〝輸出〟された思想であったから、各国の受容の仕方に差異が出るのは当然であった。

注目すべき点は、ドストエフスキーが「一般人類的理想」を全面的に否定したわけではなかったことだ。かれは、「一般人類的理想」が有する普遍的価値を条件付きながら認めている。その条件とは何か？　それが、「無人格なもの」でなければ、逆に言えば、「一般人類的理想」がロシアの国柄に適合する内容であるならば、ロシアにとってもそれは貴重な財産になるだろうと、かれは暗に認めている。

今、ドストエフスキーは西欧派の方へ顔を向けている。ポレミックな文体やら文飾を剝ぎとって、ドストエフスキーがここで言わんとするところを簡潔に言い換えれば、次のようになろう。「一般人類的理想」という表現に捉われて、それをロシアへ機械的に当てはめることがあってはならない。なぜならば、「一般人類的理想」は完成された固定観念ではなく、ロシア人によってより完全な理想へとさらに発展できるものだから。

ここにもドストエフスキーの意図した単純化が見られる。西欧派には西欧の文物であるならば、あれこれかまわずロシアへ持ち込もうといった無節操な姿勢はなかった。ロシア知識人の見識、教養がそうした無節操を許さなかった。また、西欧世界が衰退へ向かっているという認識は、早くも一八四〇年代以来、理論家の間に広がっていた。西欧派は西ヨーロッパが凋落しつつあることを認めつつ、しかし、人権思想に象徴される西欧社会が生んだ歴史的遺産を、ロシア社会の特性を踏まえて導入しようとしていた。ナロードニキの思想はその好例であろう。

「一般人類的特質」という西欧派の主張に対する『ヴレーミャ』の回答をドストエフスキーは次のようにまとめる。「すべての国民が自己の根源の上に発達を遂げて、人類生活の総和に、自分自身のとくに発達した面を寄与した時」(同上、一一‐一二頁)、その時初めて「一般人類的理想」はロシアの国情に適合した内実を伴って、民衆の生活の中へ定着することになろう、と。

「――国民が自己の根源の上に」云々となにやら難解な表現があるが、これについてはドストエフスキーが、数行後に「自分の住んでいる国にのみ独特な条件」、「自分自身の世界観、自分自身の考え方、自分自身の習慣」という説明を与えているので、誤解の余地なく平明に理解できる。ドストエフスキーの言わんとするところは、要するに〝国民性〟ということである。

ところで、この「国民性」であるが、これはスラヴ派が最も重要視する用語の一つであった。この「国民性」の上に「ロシアの」という限定詞をつければ、それはスラヴ派の思想・理論を集約するキー・ワードとなる。こうしてドストエフスキーは一旦西欧派へ向けた顔を、再びスラヴ派へ向きを変える。ある時、『ジェーニ』を主宰していたイワン・アクサーコフ〔コンスタンチンの弟、大改革期に保守派のリーダーとして言論界で活躍〕は、ストラーホフ宛手紙で『ヴレーミャ』編集部は日和見主義であると非難した。『ドストエフスキー　年譜』の作成・執筆者グロスマンがその非難に加えたコメントが興味深い。

それ〔日和見主義：引用者〕は六一 - 六二年のドストエフスキー戦術の「秘密」をあばいたかたちであった。革命民主、スラヴ、自由、反動の諸派に伍しながら、そのいずれとも異なった位置を占めようとして、結局は諸派のモチーフを借りて繰り言していたようなものであったから。▼17

以上、不十分ながら論証したように、『ヴレーミャ』編集部にも、それを主宰したドストエフスキーにもスラヴ派と西欧派の対立を止揚するような新しい質の思想・理論はなかった。彼らは、主としてスラヴ、西欧の両派から彼らに「好ましい」用語を借用して「土地主義」として体裁を整えたに止まった。

この時代、本論争に関連して新しい理論を提起した人物は、ニコライ・ダニレフスキー（一八二二-八五）であった。彼は若い頃ペトラシェフスキーの会に参加したことがあったが、後年は漁業問題の学術調査に従事していた。その彼が『ロシアとヨーロッパ』（一八六九）という著書を公刊した。その中で、彼は文明の発達過程は有機体（たとえば植物）の生成過程と同じで、生物が生まれ、育ち、盛りを迎え、やがて死んでゆくように、文明もまた生成から消滅まで同じ過程を辿る。ダニレフスキーは過去の文明を十種類の「文化-歴史類型」（エジプト文明、古代セム文明、中国文明等）に分類し、どの文明も衰亡、消滅をまぬがれなかった、そしてゲルマン・ロマン文明、すなわち現今のヨーロッパ文明も同様に衰退、死滅を避けられない、と強調した（高野雅之『ロシア思想史』第十一章参照）。ダニレフスキーの「文化-歴史類型」論は、ロシアの将来のモデルを古いロシアに求めるのか、それとも西欧文明に求めるかという、モデル論争の限界を突破した。西欧文明が衰退にあるという彼の認識は、『西欧の没落』の著者、シュペングラーの先蹤をなす。それだけに止まらない。フランス大革命以来ヨーロッパの歴史理念を支配してきた「進歩史観」（文明・文化の進化、発展は真に無限である）を相対化する内容を内包している。「土地主義」にはかかる新しい思想は皆無であった。

以上見てきたように、『ヴレーミャ』の立場は斬新なものでも、革新的なものでもなく、スラヴ派と西欧派の折衷論に止まった。

第四章　西欧との別れ――『夏象冬記』――

第一節　パンフレットの時代

　著者はこれまでの記述でたびたび「一八六〇年代前後の社会的危機」という語を用いたままで、「危機」の様相には具体的に触れてこなかった。一八六〇年代前後とはどんな時代であったのか――、主として反政府・反官憲と闘った知識人、学生の動向を中心に、時代の相貌を寸描してみよう。

「危機」の発端は皇帝アレクサンドル二世その人が起こした。皇帝は貴族団長らを前にして、「予は、遅かれ早かれ、われわれがこのこと〔農奴解放：引用者〕に決着をつけねばならぬと確信している。予は諸君もまた予と意見を同じくするものだと思う。されば、下からよりも上からこれをおこなう方が、はるかによいのである」（岩間徹編『ロシア史』山川出版社、三二一頁）と演説した。一八五六年三月のことである。そして、カザン大学の学生ドミトリー・カラコーゾフによる皇帝暗殺未遂事件が突発する六六年までのほぼ十年間は、農奴解放問題を軸にして、行政、司法、教育、地方自治、軍事等の諸改革が混乱を伴いながら進行した。

改革を求める勢力の中で知識人・学生が最も急進的であったのは言うまでもない。特に首都の改革諸派にはさまざまな色合いの政治が持ち込まれ、政府の弱腰を痛烈に批判した。農奴解放は六〇年十月までに法的側面の整備を終えて、六一年三月に公布された。改革諸派の活動が最も高揚した時期も六一年から六二年にかけてであった。六一年は別名「パンフレットの時代」とも言われるほど各種のパンフレット、アジビラが秘密文書として出回った。〝パンフレット〟といえば、今日われわれの感覚からすれば、たとえ政治にからんだ内容であっても、日常生活の中に溶けこんでいて特段の違和感はない。しかし、例の「ペトラシェフスキーの会」の最左派はパンフレットを作成する前段階として、手製の印刷機を作ろうと試みたのであった。その時代からわずかに十年余、秘密裏・非公然とはいえ、多数のパンフレットが首都に出回る状況は前代とは隔世の感があり、活動家にとって驚くべき時代の変化と映ったに相違ない。

各種パンフレット等の中で、ロンドンから送られてくる雑誌『鐘』は大きな影響力を持っていた。『鐘』は先に記したように、ロンドンに亡命したゲルツェンとオガリョーフの編集になるもので、ポーランドの同志の協力も得ながら、地下ルートを通してロシア諸都市へ持ち込まれた。『鐘』の配布はロシア国内ではもちろん、地元のロンドンにおいてさえロシア官憲によって、陰に陽に妨害を受けた。それでも、先に触れたように、六一年の後半には、二千五百の発行部数に達したと言われている。農奴解放問題に対する『鐘』の立場は「農地付きの農奴の自由な解放」という穏健なスローガンに集約されていた。このスローガンが諸都市の学生、知識人の多大な支持を受けたのであった。

アジビラはどうであったか？　「大ロシア」、「若き世代へ」、「青年ロシア」、「若きロシア」等が首都に出回った。このうち、「大ロシア」は、農奴解放令公布後の政府の無能振りを非難して、「パンフレット時代」のさきがけとなった。「若き世代へ」と「若きロシア」と紛らわしいタイトルのビラが二種類あるが、両者は別ものである。後者はドストエフスキーを甚だしく憤慨させたビラであって、チェルヌイシェフスキーにも関連するので、後述しよう。「若き世代へ」はニコライ・シェルグーノフ（一八二四‐九一）と革命詩人ミハイル・ミハイロフ（一八二九‐六五）の共同執筆である。二人は六一年の春、ロンドンにゲルツェンを訪れ、「自由ロシア出版所」でパンフレットの印刷を済ませ、九月初めにロシア各地でばらまいた。シェルグーノフはそのために後に逮捕され、十年を超える流刑に耐えねばならなかった[1]。

学生は時代の要求するところに最も敏感に反応して、常に急進的運動の先頭に立つ。一八六〇年初頭の運動はどうだったろうか。彼らは学内で集会を開き、発禁書を集めて図書館を作り、現体制の打倒の檄文を作り、自分たちの仲間を裁くための秘密法廷まで用意した、という。大学の階段教室は教育の場ではなくなって、激烈な論争の場と変わった。授業は連続休講となり、大学当局は学生の代表と交渉を迫られた。一部の学生たちは街頭へ飛び出し、日に二、三件の逮捕者が出てペトロパヴロフスク要塞に留置されたが、市民は彼らの勇気を称えて面会時間には要塞へどっと押しかけた。以上は主としてH・トロワイヤの『ドストエフスキー伝』が伝える状況であって、ここには、伝記作家らしい潤色があるかもしれないが、それを割り引いても、学生運動のおおまかな様子は把握できよう。

六二年三月に「文学者援護会のための文学と音楽の夕べ」が開催された。ネクラーソフ、クローチキンの自作詩の朗読、ルビンシュタイン、ヴェニャフスキーの演奏、チェルヌイシェフスキーの講演があり、ドストエフスキーは『死の家の記録』の一節を朗読した。終演には、グリンカの演奏があった。一見、急進派の活動とは無縁な、教養人の趣味の会を思わせる。しかしこの「夕べの会」が実は、「学生及び詩人革命家М・Ｉ・ミハイロフの為に催された」（前掲、グロスマン『年譜』一八七頁）と知るに及んで、会の目的がはっきりする。「学生」たちは、上に述べた街頭運動で逮捕された学生たちであり、ミハイロフとは、前年、シェルグーノフと共にアジビラ配布の際逮捕されたあの革命詩人のことである。会は運動の受難者に対する激励と支援のために開催されたものであった。ストラーホフの証言によれば、「この夕べは、あたかも先駆的進歩的文壇の総力」を結集した、いわば首都の文化人の〝総決起集会〟なのであった。ここにも、激動の時代の一実相が見える。「文学と音楽の夕べ」があった二カ月後、ペテルブルグは前代未聞の大火に見舞われた。火事は古物市場や小店舗群を焼き尽くし、二週間燃え続けた。警備当局は過激派による放火事件とにらんで、犯人割出しに躍起となったが、実行犯を特定できなかった。ここにも、緊迫した首都の様相が浮き彫りにされている。

ペテルブルグが大火に見舞われた二日前に、檄文「若きロシア」が現れた。そのビラはロシアの自由な「州連邦共和国」の創設、全権力の国民会議への移譲等を主張し、文末は「ロシア社会民主共和国万歳」の絶叫で終わっていた。この種の政治的な文書には誇張された言辞が付き物であって、その内容の四割方、五割方を割り引いて読むのが通例である。というのは、檄文の内容にふさわしい組織実態や運動実績がないのが大方だからだ。ロシア国内の革新的または変革的な活動が、自由主義の一層の定着や、西欧の民主的諸権利を要求している時に、国民軍の創設、男女同権、修道院閉鎖等の主張はあまりにも過激すぎて実現不可能であった。スローガンとして掲げたままでのことであろう。このビラが注目される事情は、その思想的なスタンスにある。

ビラはピョートル・ザイチネフスキーが書いた。この時、彼はモスクワの監獄に囚われていたのだが、その独房は外部からの出入りが緩やかで、面会にやってくる大勢の学生たちによって、一種の討論室になっていた（R・ヒングリー『19世紀ロシアの作家と社会』川端香男里訳、二五二頁）。ザイチネフスキーについては著者手持ちの資料をいくつか調べたが、生没年さえ明らかにならなかった。ビラは十行ほどの短いものである。

平和的改造などする余裕がどこにあるのか。いかなる残忍流血の事態を招こうとも、強制改革の手段に訴えて見せる。社会革命の秋《とき》到る。我らは早晩「斧を取れ」と叫ぶであろう、その時こそ〈……〉――今日我らに血も涙もない皇帝党を、今度は逆に容赦なく打ち殺せ。かの卑劣な悪党共があえて表へ出るなら、広場で闘え、（中略）仲間でない者は嫌な奴、嫌な奴は敵、敵は是が非でも葬り去るべきものと銘記せよ。▼2

「斧を取れ」という呼びかけに端的に表現されているように、このビラは暴力革命を至上命令としている。暴力による直接行動だけが革命への途であるという主張は、一見バクーニンの革命論に近いように思えるが、バクーニンの場合は農民のエネルギーの解放が主眼となっている。このビラでは、歴史的な変革が個人の復讐劇に貶《おとし》められている。皇帝党を「容赦なく打ち殺せ」という要求には、個人的テロの容認が見える。社会の変革は、突出した少数の「仲間」内で行われるというビラの想定自体が空疎なのである。

この檄文を読んだロンドンのゲルツェンは、こうした内容のビラは「民衆の無理解を招くだけである。肝腎な問題に対してそっぽを向かれ、民衆に軽蔑されるだけの話である」と厳しく批判した。活動家としての立場から、彼はこのビラが運動にとって有害であると読んだのであった。

ドストエフスキーはどのように読んだのであろうか？

ザイチネフスキーの檄文、「若きロシア」をドストエフスキーは読んだ。ビラは、六二年五月の下旬かれの住まいの玄関ドアに挟みこまれていた。それを読んだかれは、非常に不快な感情にとらわれた。かれはこの時の不愉快な気持ちを、十年後に『作家の日記』（「4　個人的のこと」）に記している。十年という歳月の隔たりにもかかわらず、ドストエフスキーはその時の不快感を露骨に、生々しく書き記している。

およそこれ以上ばからしい愚にもつかぬものは、想像することもできないほどであった。内容といえば、憤慨せずにはいられないようなもので、まるで即座に破り棄てさせるために、どこかのやくざ者が考え出したとしか想像されないほど、極度に滑稽な形式で書かれているのであった。わたしはひどくいまいましくなって、いちんち気がくさくさしていた。[3]

そこでわたしはずっと前から、この人々に対しても、彼らの運動の趣旨に対しても、魂の心底から不同意だったので、その時も突如として、彼らのへまさ加減が不快に感じられ、ほとんど恥ずかしくさえなったのである。「なぜあの連中がやると、こんなにもばからしく、へまになるのだろう?」だが、こんなことが、わたしにいったいなんのかかわりがあるのだろう? とはいえ、わたしが気の毒に思ったのは、彼らの失敗の点ではなかった。(中略)それには一つの事実が重大な因をなしていた。すなわち、教養、発達、および現実に対する理解などの水準が、重大な因をなしていたのである。[4]

ドストエフスキーは手許に当該ビラその他の資料を揃えて、十年後に『作家の日記』に上のコメントを記したのであろうか。どうもそうとは思えない。すぐ気づくのは、ビラのタイトルが間違っている。「若い世代に」ではなくて、正しくは、「若きロシア」である。手許に資料があればこのミスは当然避けられたはずである。また、上のコメントから分かるように、ビラその他の生資料からの直接の引用がない。したがって、コメントは十年前に読んだ時のかれの印象を、そのまま記憶をたどって記したと考えてよかろう。「およそこれ以上ばからしい愚にもつかぬ」、「どこかのやくざ者が考え出した」、「極度に滑稽な」等々感情的な印象批判は、六二年五月、住まいの玄関ドアにかれがビラを見たときの感想そのものであろう。印象批判だからといって、このコメントの重要さが低くなるわけではない。むしろ逆に、印象批判だからこそこのコメントは生々しい感情を伝えて重要なのである。

先にわずかに触れたように、ゲルツェンは実践運動の立場から、このビラは「民衆に有害である」と批判した。ドストエフスキーはどのように読んだのか? 著者のやや飛躍した想像を許してもらえば、かれはビラの中に〝血の臭い〟を読み取ったのではあるまいか。「いかなる残忍流血の事態を招こうとも」、「容赦なく打ち殺せ」、「仲間でない者は嫌な奴」、「嫌な奴は敵」等々の稚拙な表現の中に、ドストエフスキーは目的のために手段を選ばない暴力至上主義を読み取ったのであろう。わずかに十行ほどの扇動的なビラである。書き手からすれば誤解の受けやすい内容となっており、読み手からすればどのようにも批判できる内容である。ドストエフスキーは作家としての直感で、ここに血の臭いを嗅ぎ取ったのである。

この『作家の日記』(「個人的なこと」)が書かれた七三年という年は『悪霊』が出版された年でもあって、かれの頭の中には「ネチャーエフ事件」がいまだに色濃く残っており、檄文「若きロシア」の読み方にはなにがしかそれが影響したとも考えられる。しかし、ドストエフスキーは十年前にビラを読んだその時、既にビラが持つ重大さを見逃さなかった。かれはビラを読み終わったその日の「夕方近くになって、わたしはチェルヌイシェーフスキイのところへ行こうと、急に思いついた」のであった。ドストエフスキーは、彼に過激派分子のこのような行動を抑えるようにして欲しいと話したのである。

それにしても、ドストエフスキーの記憶力の良さには驚く。十年前に目を通したビラの内容を、まるで昨日今日のように鮮明に覚えていて、生々しく再現しているのである。ドストエフスキーは自分の記憶力についてこんなことを言っている、「概してわたしは回想を好まない。しかし、わたしの文学上の経歴に関するあるエピソードは、記憶の鈍いにもかかわらず、素晴らしくはっきりと、ひとりでに浮かんでくるのである」(同上、二八頁)。

偉大な作家とは、こうしたものなのであろう。

ドストエフスキーがチェルヌイシェフスキーに会っていた時期、ロシア国内の社会的な危機はますます深刻化していた。農民は各地で反乱を起こしていた。アントン＝ペトロフの反乱は軍隊まで出動させて、六一年春にようやく鎮圧したが、その後も暴動は頻発した。都市部でも、ペテルブルグは言うにおよばず、カザン、モスクワ、キーエフ等でも学生、知識人の抗議行動は激化の一途をたどっていた。そうした中、六二年六月雑誌『現代人』、『ロシアの言葉』に八カ月の発行停止処分が下った。いよいよ言論界にも権力の手が直接伸びてきたのである。七月七日、チェルヌイシェフスキーはドミートリー・ピーサレフ（『ロシアの言葉』同人）、セルノ＝ソロヴィエーヴィチとともにペトロパヴロフスク要塞へ連行された。このように権力の弾圧が言論界にも直接及び始めたそうした中、六月七日に、ドストエフスキーは外国へ旅立った。

　かれのような前歴のある人物が出国するには、手続きの完了までによほどの日時が要る。かれが友人の一人へ外国の旅先で「ご一緒しませんか」と記した手紙を三月に出しているところを見ると、内務省への旅行の申請は、三月、もしくはそれ以前と思われる。五月末にようやく旅行許可が下りた。内務省へ提出した旅行目的は、鉱泉と海水浴による病気治療となっていた。ドストエフスキーは文壇復帰以来、実に多忙な毎日を送っていた。『死の家の記録』、『虐げられし人びと』の連載、『ヴレーミャ』の創刊と発行、スラヴ派、西欧派との論争等々、かれは超人的な努力を重ねて激務をこなしていた。そのために、元来強靭な体躯にも危険な兆候が表れていた。事実、癲癇は毎週のようにかれを襲った。

　しかし、かれの旅行は表向きの「治療」にもかかわらず、その旅程が証明するように観光旅行であった。ロシア国内が騒然とする中で、あえてこの時期に外国旅行をしなければならない特段の事情が、ドストエフスキーにあったのであろうか？　逆に言えば、観光旅行であるならば、別の年、別の月日であってもよかったはずである。しかも、かれが外国へ出発した翌日、兄のミハイルは当局から檄文「若きロシア」について審問を受けて（グロスマン『年譜』一九三-九四頁）、ミハイルは〈若きロシア〉のごときものを手がける人間を「小生少しも存じあげません」と応じている。――こうした中でのドストエフスキーの旅行なのである。著者はこの時のドストエフスキーの旅行をあえて〝戦線離脱〟と呼びたい。ロシアの社会事情が、かれの言論活動を必要としているまさにその時、かれは国外へ向かったのであった。言論人としての責任が問われてしかるべきであろう。

――がそれはともあれ、ドストエフスキーはこの旅行に大きな期待をかけていた。幼少期から外国に憧れていたかれは、

「たとえ何一つ詳しく見分けることができなくても」とわしは考えたものである。「その代わり、何もかも見るんだ、あらゆる所へ行くんだ。見物したものによって、何か統一のあるものが組み立てられるだろう。何かしら一般的なパノラマができあがるだろう▼5」。

はたしてドストエフスキーの期待は実現したのであろうか？

第二節　『夏象冬記』について

ドストエフスキーの膨大な小説、論文、エッセー類の中にあって、本作品は奇妙な構成と内容、そ

して晦渋な語り口で際立っている。そのために、本編は発表以来、ドストエフスキーの熱心な読者にも不人気な作品として扱われてきた。

一八六二年八月末にヨーロッパ旅行から帰国したかれは、旅行の印象も生々しい十二月に本編の執筆にとりかかった。完成した作品は、米川訳全集版で二段組み、約六十五ページの中編に相当する分量となった。六三年、『ヴレーミャ』二月号と三月号に発表された。本編は章立てからして風変わりである。まず、「第1章　序に代えて」があって、大陸鉄道に乗って、ベルリン、ドレスデン、ヴィースバーデン、さらにパリ、ロンドンを含めて、十五の都市を二カ月半で巡る行程がとりとめもなく記される。章末で、「(わたしは)まる一か月パリで暮らした」ので、パリについて何か書こうと記して、「第2章　車中にて」へ移る。読者は、この章でドストエフスキー独自の観察に基づいたユニークなパリ印象記が読めるものと期待するのだが、それはまったくはずれる。「第2章」は、「フランス人は理性をもっていない、のみならず、それを持つことをみずから最大の不幸とみなす」というフォンヴィージン(後述)の見解に対する、ドストエフスキーの長々とした薀蓄が披露される。章末に至って、かれは読者の反応を心配したのか、「なにしろ、わたしは汽車の中で退屈したものだから、今度は諸君を退屈させようというわけである」(『全集』第五巻、三五九頁)と言い訳めいたことを記しながら、次章へ筆を進めるのだが、その章見出しが、「第3の、そして無用な章」となっていて、再び読者を混乱させる。「これは感想というほどのものではなく、一種の瞑想である。『あれやこれや、そして結局なんでもないこと』に関する気随気儘な想像、いな、空想でさえある」(同上、三六〇頁)と断って、再びフォンヴィージンの作品について長々しい辛口の批評が続く。本編をこのあたりまで読み進めると、読者の方でもさすがに、西欧旅行に直接関係のないフォンヴィージンについてなぜこうまでくどくどと書き込むのだ、という不満の気持ちを持たざるを得ない。冷静な筆致でドストエフスキーの評伝を書いたE・H・カーは、「——彼の著作中最も退屈なものの一つである」（前掲『ドストエフスキー』松村達雄訳、八九頁）と言い切っている。独特の読み込みでドストエフスキー文学に迫った寺田透氏もまた、「評論とも小説ともきめかねるこの作品は、特にその前半では精神錯乱者の文章ではないかと思はれる位読みにくい」（『ドストエフスキーを讀む』筑摩書房、一六三頁）と言っている。天才作家の剛直さとでも言うべきなのか。第四章は「第4の、そして旅行者にとっては無用でない章　はたして『フランス人は理性を持っていない』か？　についての最後的決定」という長いタイトルが付けてあって、ここでもまたフォンヴィージンにこだわっている。ただし、この章全体が第二章冒頭の例の「フランス人は理性を持っていない」云々についての、落語で言う〝落ち〟になっている点は後述する。第五章から第八章までは、パリ、ロンドン、そして再びパリでの旅行体験が記述される。

以上から分かるように、本編は名所・旧跡を巡る並みの旅行記ではない。と言って外国の風物に触れて書かれた軽いエッセーでもない。本編の三分の二はフォンヴィージン論で占められていて、旅行記は後半三分の一に過ぎない。しかしながら、本編に関する研究者の論考はもっぱら後半三分の一の旅行記に向けられている。

ドストエフスキーは次のようにパリやロンドンを見た——。

なんとすべての人が、自分たちはほんとうに満ち足りて完全に幸福であると、自分で自分を納得させようと努めていることか、そしてすべての人が、ついに、努力のかいあって自分たちは満ち足りて完全に幸福であると実際に信じこんでしまい、そして……そして……そこに停止し安住してしまった有様はどうだ。[6]

ロンドンを訪れたものは、たとえ一度でも、ハイマーケットへ行ったことがあるに相違ない。それはある地区であって、その中の一定の通りには、よなよな幾千という巷の女が群集するのである。街々は、ロシアでは想像もできないような、おびただしいガスの光に照らされる。姿見や金箔で飾り立てた壮麗なカフェーが、一歩ごとに並んでいる。そこには集会所もあれば、曖昧屋もある。[7]

ドストエフスキーのこのような叙述に接すると、社会主義リアリズム論を信奉する批評家は、まるで鬼の首でも取ったかのように声高に次のように結論づける。

グロスマンの『ドストエフスキイ』とシクロフスキーの『ドストエフスキー論』は、若い時代に「理想の国」と仰ぎ見た西欧諸国を旅行したドストエフスキーが、西欧の現実を見ていかに落胆したのかを縷々論述する。前者は「ドストエフスキイはヨーロッパに深い幻滅をおぼえた」の一文から本編批評が始まっている。後者もドストエフスキーが味わった「幻滅の度合いは予想をはるかに上まわっていた。ドイツの自己満足、自信過剰のイギリス人たち」等と記している。社会主義リアリズム論の「権威者」エルミーロフは「フランスのブルジョアにたいする嘲笑と、イギリスの資本主義の惨酷さにたいする容赦なき批判に終始して」（『全集』別巻、二六〇頁）、と同書を批判している。依拠する立場は幾分異なるが、米川正夫も「彼は西欧の頽廃の徴候を、フランスにおいては、生活の享楽という形に凝集された小市民性、すなわちブルジョア根性、イギリスにおいては、悪魔的といっていいほど容赦のない資本主義形態の完成に認めた」（『全集』第二十巻、「ドストエーフスキイ研究」二六〇頁）と述べて、フォンヴィージンに関しては一言のコメントもない。このような社会主義リアリズム論に依拠した批評とは別に、伝記作家、H・トロワイヤも本編の全体の印象を、

いまやヨーロッパ全体、西欧全体が進歩の果てに滅亡に瀕しているようにみえる。いく先々の国々は神を喪失し、人間が神にとってかわり、金、計算、科学万能の国となり、自分たちの作り出した策略も、いまやあちこちに軋轢が生じ、息たえだえになっている。▼8

と語って、同書を一風変わった旅行記と読んでいる。

諸論者の上のような論評に間違いがあるわけではない。ドストエフスキーがパリやロンドンで実際に見聞きした事実について、論者はそれなりのコメントを加えたまでのことである。事実、ドストエフスキーは旅行中にストラーホフへ次のような手紙を書いている。

——パリは退屈きわまりない都会です。もしここにしんじつ素晴らしい数々のものがなかったら、正直、退屈のために死にそうなくらいです。フランス人はまったく胸の悪くなるような国民です。

フランス人はもの静かで、清潔で、丁寧ですが、しかし食わせもので、金がいっさいなのです。なんの理想もありません。信念どころか、思索さえ求めることができません。一般教養の水準が極端に低いのです。▼9

上記の諸論者は、ドストエフスキーのこうした旅行体験を確認したまでのことである。たしかに、本編には資本主義社会の暗い影の部分が鋭く描かれている。そこへポイントを置けば、本編は西欧文明の衰頽を目撃した作家の文明批評の書という面が浮かび上がる。旅行前に抱いた西欧への期待は無残に打ち壊されてしまい、逆にかれが西欧社会の現状に幻滅を抱いたのは事実であった。また、その現状から推してその衰退がますます深刻化する点もかれには予想できた。しかし、この衰退現象は一部の識者によって、既に十年以上も前から指摘されてきたもので、実はドストエフスキーの創見になるものではない。一八六〇年前後においてはスラヴ派はもちろん、西欧派でもその種の見解は共通認識となっていたとさえ言える。参考までに、フランス二月革命の敗北が決定的となった一八四八年七月に革命の都市パリへ向けてなされたゲルツェンの哀切極まりない〝惜別の辞〟をここで、引用しておこう。

パリ！　この名はどれほどながい間、諸国民の導きの星として輝いていたことか。パリを愛さなかった者、パリを崇拝しなかった者がいただろうか？　――しかしパリの時代は終ってしまったのだ。今やパリは舞台から去るがよいのだ。六月事件においてパリは自分では解決することのできない大きな戦闘を始めたのだった。そしてパリは年老いてしまった。青春の夢はもはや似つかわしくないものになってしまった。▼10

そして、パリと共にヨーロッパ全体も「年老いてしまった」のだ。これが、本編『夏象冬記』に先立つこと、約十五年前のゲルツェンの慨嘆である。

パリやロンドンの実態を体験しながら、旅行中ドストエフスキーには、一つの想念が付きまとい続けたのではあるまいか。その想念は無論祖国ロシアの現状に関連していた。ロシアで目下進行している大改革はヨーロッパをモデルにしている。「果たして、ヨーロッパ・モデルで良いのか？」。このまま諸改革が実現し、それらが制度として定着した何年か後には、ロシアの社会は今ドストエフスキーが目撃しているヨーロッパ社会の現実、すなわち個々人の欲望実現と共同体形成との相克という課題に直面することになるであろう——。しかしながら他方でかれは、ピョートル大改革以前のロシアへ戻れというスラヴ派の主張にも全面的に同調はできなかった。それはあまりにも飛躍しすぎた思想であった。

ドストエフスキーの思想の変遷をたどる時、今回の外国旅行はかれにとって一つのターニング・ポイントになったと言ってよい。かれは西欧に幻滅した。スラヴ派と西欧派の対立に対して『ヴレーミヤ』創刊号に記した「折衷論」にもどうやら限界のあることが分かった。かれは、スラヴ派と西欧派の対立の根底に思いを潜めて、こう呟くのである。

いったい本当に人間の精神と生みの土地の間には、何か化学的な結合式でもあって、どうしても故国から離れることができないのだろうか？　よしんば離れても、やはり元へ帰って行くのだろうか？[11]

かれは、ロシア特有の土地の所有形態、そこでの遅れた生産様式というこれまでの基本問題をさらに深く考察して、大地と民族との緊密な関係を展開させようとしているかに見える。ある民族が特定の自然環境に順応して生きる長い歴史過程の中で、その民族は生活様式、行動様式、意識構造等に特定の共通した傾向を示す。ドストエフスキーは〝風土論〟を介して、「スラヴ派と西欧派の不毛な対立」を乗り越えようとするかに見える。だが、本編（『夏象冬記』）では問題点を示唆するに止まって、それ以上の考察は見られなかった。

第三節　フォンヴィージンとは？

『夏象冬記』前半部が読みづらいことは前に記した。理由はいくつかある。

第一に、本編前半部は『ヴレーミヤ』と西欧派の雑誌『祖国雑記』の論争過程に深く関連している。『祖国雑記』はクラエフスキーを発行責任者とした雑誌で、ドストエフスキーの初期の作品（「分身」、「プロハルチン」等）はこの雑誌に掲載された。その頃、同誌の主筆はベリンスキーで、ジョルジュ・サンドの翻訳・紹介に力を注ぎ、文壇に影響を与えていたのであったが、彼は一八四六年同誌を辞した。

その後、S・S・ドゥドゥイシキンが主筆となり、ロシアの国民性に注目して、編集方針をロシア文学史の研究へ変えた。「フォンヴィージン論」はその頃彼が書いたもので、ドストエフスキーにしてはめずらしく、「――かなり実のあるもの」と賛辞を呈している。しかし、ドストエフスキーは本編の中では、その論文の内容にまったく触れていないので、ドストエフスキーがドゥドゥイシキンのどこを評価したのか、今となっては日本の一般読者には分からない。

本編前半部を読みづらくしている第二の事情は、時代が錯綜していることである。本編が成立したのは一八六三年である。ドゥドゥイシキンの「フォンヴィージン論」が発表されたのは、一八四七年か四八年と推定されるから、本編よりも十五年も前の論文である。しかも、ドストエフスキーが本編で言及しているデニス・イワノヴィチ・フォンヴィージンなる人物は一七七〇〜八〇年代に活躍した人物であって、本編とフォンヴィージンとの隔たりは八十年以上になる。日本史で表せば、ドストエフスキーの活躍は幕末維新期であり、フォンヴィージンの活躍は田沼意次の時代に当たる。ちなみに、フォンヴィージンはわれわれ読者からすると、約二百四十〜五十年も昔の人物となる。

第三の難点は、『夏象冬記』の叙述のスタイルにある。本編はいたるところに〝いやみ〟、〝当てこすり〟、〝当てつけ〟、〝皮肉〟、〝嘲笑〟等々に溢れている。読者はドストエフスキーが仕掛けた語彙や文脈の一つ一つに神経を使って、作家の真意を探らなければならない。本来、皮肉、嘲笑等をいちいち解説するのは「野暮」な作業なのであるが、なにぶん時代が古く、かつ内容が錯綜しているので解説もやむを得ない。本編のアイロニーは『地下室の手記』の文体を先取りしていると言っても過言ではない。最後に、本編の構成も複雑で、しかも特異である点は既述した通りである。著者は、本編を大方の論者と同様にドストエフスキーによるヨーロッパ文明批評の一文と読んだのであるが、その際、かれの批評の切り口の独特さに特に注目した。その特異さ、シニズムのいくつかを、フォンヴィージンを論じるドストエフスキーの筆致に即し明らかにしよう。

まずは、デニス・フォンヴィージンの経歴の紹介から始める。

フォンヴィージン（一七四五－九二）はモスクワの富裕な古い貴族の家柄に生まれ、モスクワ大学哲学部を中退後、外務省の翻訳官としてペテルブルグへ移り、六三年、わずか十八歳で帝室官房大臣、エラーギンの書記官に抜擢された。演劇愛好家であったエラーギンの縁で、フォンヴィージンはロシア演劇界と深い関わりを持ち、西欧の作品の翻訳を次々と発表し、六九年には自ら喜劇『旅団長』を執筆した。この作品は、ロシア喜劇の最初の傑作として大成功を収めた。旧世代の無教養と新世代のフランスかぶれを笑いの対象としたもので、粗野でしまり屋の旅団長夫人アクリーナと、その息子で「この身はロシア生まれだけれど、魂はフランス王国に属している」を自慢するイワーヌシカとの対照的な取り合わせが中心である。

フォンヴィージンは一七六九年（二十四歳）に外務大臣パーニン伯爵の秘書官になった。伯の下で長く公務に精勤した後、伯の退職に伴い、八二年自らも退官した。退官したその年、喜劇『親がかり』を発表、上演して大成功を収めた。強欲な女地主プロスタコーワ（馬鹿女）、馬鹿息子ミトロファン、その叔父で俗物のスコチーニン（スコート＝家畜）と有徳の一組の恋人たちを対照的に描いて、笑いの中に、ロシア社会の醜悪、低俗振りを暴露した傑作である。二作とも日常の口語で書かれていて、『旅団長』は今日でも、ロシアで時々上演される。『親がかり』は今でも常時上演される古典的名作となっている（『世界文学事典』集英社、一二三四四頁参照）。

このようにフォンヴィージンはロシア文学における社会喜劇の創始者であって、かれの業績は後にゴーゴリ、オストロフスキー、チェーホフへ継承されてゆく。フォンヴィージンはロシア社会の無知、破廉恥、貪欲、横柄等を舞台に再現して人気を博したが、しかしいわゆる職業作家というよりは、高度に洗練された知的愛好者であって、西欧から学んだヒューマニズムが彼の思想の骨格を形づくっていた。そのため上記二作に見られるように、農奴制がロシア社会にもたらした社会悪の告発は実に厳しいものがあった。フォンヴィージンと同時代に出版事業で多方面の活動を展開した啓蒙思想家ニコライ・ノヴィコフ（一七四四‐一八一八）も貴族・地主の悪徳、横暴さを徹底的に暴露した。そのために、かれはエカテリーナ女帝の怒りを買い、逮捕・流刑の処分を受けた。ところが、フォンヴィージンは検閲を恐れることなく、また官憲による逮捕の心配もなく、思いのままに農奴制の頽廃を暴くことができた。一説には、外務大臣パーニン伯の手厚い保護があったからだと言われている。検閲を顧慮することなく上演できた彼の演劇は、農奴制社会の実相を歯に衣着せぬ形で白日の下に晒したがゆえに、一層人気を得たと言えそうである（M・スローニム『ロシア文学史』、藤沼ほか『ロシア文学案内』参照）。

ところで、ロマノフ王朝三百年の歴史の中で、ピョートル帝と並んで有名なエカテリーナ女帝は即位（一七六二年）直後、啓蒙専制君主たることを志してフランス文化の輸入に努めた。その結果、宮廷や社交の場ではフランス風に着飾った服装が大流行し、フランス風の優雅なマナーが尊重された。貴族、官僚はフランス語を流暢に話し、ロシア語はむしろ粗野な農民の言葉として蔑まれた。この時代、ロシアは経済面でも伸展が見られ、国民生活に幾分ゆとりが生まれ、知識層が育ってきた。新聞や雑誌の発行は国の文化事業となった。都市では、フランス風がブームとなり、一般庶民の生活の中へも浸透していった。フランス語まじりのロシア語を話さないと、教養の低い者と見做されるほどであった。

このようなフランス文化への偏重にフォンヴィージンは同調しなかった。彼は外務卿パーニンの下僚としてフランスの国情、文化に精通していた。フランス文化の華美な表面だけでなく、暗く、猥雑な裏の部分も知っていた彼は、それだけにフランスかぶれの連中を思い切り嘲笑できたのであった。だが、何故彼は嘲笑したのか？　その嘲笑の裏に隠されたかれの苦い真意を探る時、ここに初めてフォンヴィージンとドストエフスキーの接点が浮かび上がってくる。

デニス・フォンヴィージンに関する日本語で読める著書、論文が極めて少ない中で、高野雅之氏の「後れたロシアの『後発の利益』」は貴重な論文である（『ロシア思想史――メシアニズムの系譜』所収、早稲田大学出版部）。以下、その論文を頼りに、『夏象冬記』前半部を理解する上で必須と思われるフォンヴィージンに関する部分を、著者なりに要約してみたい。

フォンヴィージンは官職を辞した後、フランスのモンペリエとパリに一年あまり滞在した。その間に見聞したフランスの印象を後年まとめて『フランスからの手紙』として出版した。

当時（十八世紀後半）ロシアの知識人は、誰もがフランスへの憧れを抱いており、特に、パリについてはその想いが強かった。彼も「フランスは私の想像の中で虹色に描かれていた」と記している。当時のロシアの知識人にとって、パリは啓蒙化された知性の中心地、理想の都であった。ところが、まだパリへ着く前から、彼はフランスに対する失望を伝えている――「フランスは地上の天国だなどとはじめは思っていました。ところが、なんとひどい間違いをしていたことでしょう。見ると聞くとでは大違いです！」（同上、五九頁）。パリへ着いてからのかれの手紙には、失望に加えて、批判も見られる。フォンヴィージンはパリの町の汚さ、生活の頽廃、社会全体の貧困さを詳しく書いている。たとえば、

（パリの町は）鼻を押えずに馬車から降りられません。フランスでこれほどたくさん香水が作られているのも、もっともなことです。

パリは豚小屋より少しきれいな程度です。

パリはソドムとゴモラにまさるとも劣らない町です。[12]

フランス貴族といえども大部分は極貧状態にあって、かれらは「ロシア貴族の息子の家庭教師に雇われるのを無上の幸福と考えている」。フォンヴィージンは、かねがね恩師と仰ぐ公明な啓蒙思想家の幾人かにも面談したが、驚くべきことに、彼らは仲間同士で中傷し合い、罵倒し合っているのが実情であった。長く滞在するうちに、かれはフランス人の内面生活へも批判の目を向けるようになった。「フランス人の神、それはお金です。どん欲さは言葉にいい表しがたいほど」、「フランス人はだれでも、権利としての自由を持っています。しかし、彼らの実際の状態は奴隷状態です。自由とは名ばかりです」（同上、六〇 - 六二頁）。

フォンヴィージンのフランスへの憧れは終わった。かれはフランスへの失望と批判の中で、改めて自国ロシアを見直し始めた。今までロシアは西欧文化の移植に熱中し、啓蒙主義によってロシア社会

の遅れを取り戻そうとしたが、かれは別の視点から祖国のあり方を考えるようになった。彼は、フランス滞在の印象をこう締めくくっている、

私はこの旅行でたくさん得るところがありました。祖国にいたときに腹を立てていたいろいろな欠点に対して、寛容になることを学びました。つまり、わが国はどこの国とくらべても劣っているわけではないということ、また祖国にいて私たちが享受している真の幸福を、わざわざ異国に求めてさまよう必要はないということ、私が知ったのはそういうことです。[13]

西欧への親近感から出発して、幾多の人生経験と思索を重ねた末に、ロシアへ回帰するフォンヴィージンの姿は、イワン・キレエフスキー（元西欧派）、ゲルツェン、ドストエフスキー等の先行者のそれである。

上記のようにフォンヴィージンの『フランスからの手紙』を紹介した高野氏は、次のような興味深い指摘をしている。

ロシアは啓蒙の後れた国だ、という認識だけを持ってフランスへやってきたフォンヴィージンは、その啓蒙が生み出しているいろいろな欠陥を目撃して、「後れている」ということの意味を問い直す必要があるのに気づいたのである。不幸にして後れているのではなく、幸いにして後れているのではないか、と発想を逆にしたのである。[14]

「後れている」ということは、絶対的なマイナスなのか、後れているがゆえに、先進国であるフランスが陥った負の側面を、ロシアは逆に回避できるのではあるまいか。不幸にして後れているのではなく、幸いにして後れているという発想の逆転に、フォンヴィージンは気づいたのであった。高野氏はこの発想を「後発の利益」とコンパクトにまとめている。「後発の利益」という視点は、氏も述べているように、ロシア思想史の底流の一つを形成している。ゲルツェンとピョートル・ラヴロフ（一八二三‐一九〇〇）は、ロシアではミール共同体の伝統が資本主義経済制度を十分に経験せずに、社会主義の実現を可能にすると考えた。ボルシェヴィキ革命の指導者レーニンは、ロシアではブルジョア民主主義革命を速やかに乗り越えて、プロレタリア社会主義建設ができると主張した。これらの考えは「後発の利益」のヴァリエーションと言えよう。

フォンヴィージンは一七七〇〜八〇年代の知識人の一人として、ロシアの啓蒙活動に尽力した人物であって、啓蒙活動それ自体を否定したわけではなかった。彼の本意は啓蒙運動の進め方、文化の移植のあり方を世に問うたのである。エカテリーナ治世の初期、女帝は率先してフランスの制度、文物の移植に努め、ヴォルテールら啓蒙思想家に対して物心両面の支援を与えた。ロシア人は「フランス物」というだけで、それを尊重し、愛用した。フォンヴィージンはこのような無批判的受容に反対して、ロシアは、現にフランス社会に表れているもろもろの不備、欠陥を回避しながら啓蒙運動を進めることのできる、むしろ歴史上有利な位置にいることを強調したのであった。彼のフランスへの親愛感は、このようにロシア・ナショナリズムに依って深く基礎付けられているのが分かる。

本書の論点を再びドストエフスキーへ戻すならば、かれはフォンヴィージンのこの二面性に強い関心を抱いたはずである。実は、ドストエフスキーは『夏象冬記』の執筆に当たり、フォンヴィージンの『フランスからの手紙』を丹念に読み返している(『冬に記す夏の印象』小泉猛訳、巻末解説、新潮社『ドストエフスキー全集』6所収)。そしてその中から、わずか数行の「警句」を用いながら、十九世紀後半の西欧派やその支持者たちのフランス心酔振りを痛烈に批判した、これが、『夏象冬記』の全体構造である。

第四節　フランス人は理性を持たない?

ドストエフスキーは今、汽車でパリへ向かっている。ベルリンも、ドレスデンも、ケルンもかれに特別な印象を残さず過ぎてしまった。かれは嘆息まじりに「いやはや、汽車の中にぼんやり坐っているのは、なんと退屈なことだろう」とつぶやく。「汽笛や汽罐の轟音は、何かしら抗《あらが》い難い眠気を運んで来る」。わたしはじっと座って、考えるともなくロシアのこと、ロシアの民衆のこと、ロシアの知識人のことをあれやこれや思いつくままにぼんやり考えた、ふと、フォンヴィージンに思いつき、この人物についてあれやこれや考えはじめた——、とこんな前置きをしてドストエフスキーはフォンヴィージンについて語りはじめる。

ドストエフスキーは汽車の中で退屈のあまり、ふと思いついてフォンヴィージンについて考えたまでのことであって、それは何かの役に立つような代物ではない、いや、むしろ無用なものなのだ、とあえて控え目な姿勢を示している。事実、本編第三章の見出しは、先に記したように、「第3の、そして無用な章」となっている。「無用な章」と記すドストエフスキーだが、誰に対して「無用」なのだろうか。当該箇所を注意深く読むと、「なにしろ、わたしは汽車の中で退屈したものだから、今度は諸君を退屈させようというわけである。しかし、ほかの読者は免除しなくてはならない――」（同上、三五九頁）から、「ほかの読者」はこの部分を飛し読みしてもかまわない、とかれは断っている。職業作家であり、『ヴレーミャ』の主筆でもあるドストエフスキーが、誌面で「ほかの読者」、つまり一般読者に向かって、飛し読みしてもかまわないなどとあえて書くのは、『ヴレーミャ』の購読者に失礼ではないかと、目くじらを立てるのは、無粋というものである。このような叙述手法は、本編の特徴の一つをなしているのである。ちなみに、そこで言われている「諸君」とは、西欧派、特に『現代人』編集部を指している。いわば同業者なので、これら「諸君」には蘊蓄を傾けた知識を披瀝してうんと退屈させてやろう、というドストエフスキーの魂胆なのである。

実際のところ、日本の一般読者が本編第三章の内容を咀嚼するには苦労する。何故難解なのか、その事情は前に触れた。そこで、著者は、ドストエフスキーの「忠告」に従って、第三章を飛ばして、「第4の、――そして旅行者にとっては無用でない章」を手掛かりに、まずはフォンヴィージンの「警句」の意味するところを確認し、ついで、警句に対するドストエフスキーのコメントを考察しよう。さて、その「警句」とはどんなものか、ドストエフスキーの感想も含めて引用しよう。

「フランス人は理性を持っていない、のみならず、それを持つことをみずから最大の不幸と見なすであろう」この一句は前世紀に、フォンヴィージンが書いたものであるが、ああ、彼はこの一句をいかに楽しい気持ちで書いたことだろう。受け合ってもいい、彼はこの一句を考え出した時、満足のあまり胸の中がくすぐったくなったに相違ない。[15]

フランス人は理性を持っていない！　えっ、フランス人は「理性を持っていない？　そんなことを言ってしまっていいのだろうか？」。ヨーロッパ思想史に多少とも知識のある者ならば、哲学者デカルト、パスカル、文人モンテスキューを生んだフランス人が理性を持っていないなんて、信じがたいことであろう。ドストエフスキーはそうした反応を予期しながら続ける。

ドストエフスキーの地の文、「ああ、彼はこの一句をいかに楽しい気持ちで書いたことだろう」に注目したい。引用前半の警句を一読して、われわれ一般読者はドストエフスキーと共に「楽しい気持ち」を即座に共有できるであろうか、おそらく難しかろう。『夏象冬記』のこうした部分が、伝記作家としても著名なE・H・カーさえ、「彼の著作中最も退屈なもの――」と言わせた原因となっている。

さて、この警句、念のために再度記せば「フランス人は理性を持っていない、のみならず、それを持つことをみずから最大の不幸と見なすであろう」は誰に向けて言われたものなのであろうか。フランス人へ向けてのアイロニカルな一句なのか、それとも、ロシアの知識人、とりわけフランス心酔者へ向けられた「頂門の一針」ともいうべき一句なのであろうか？

フォンヴィージンはフランス大革命の勃発する二十年ほど前に活躍した人物であったが、既に理性の栄光の時代に、理性の輝きと共にパリの町の不衛生さ（「鼻を押さえずに馬車から降りられません」等々

——前掲高野論文）も経験していた。大革命前のフランスは「理性」、「理性」と大仰に持ち回るが、理性の実態はこの程度のもので、その実情はフランスの現実社会に見合っていた。〝こんな程度の代物ならば、いっそ理性なんか持たないほうがいい、いや、むしろ持つのが恥ずかしいくらいだ〟とフランスの良識派なら思っているはずだ——、とフォンヴィージンは皮肉交じりに想像したのであろう。フォンヴィージンの「警句」をフランス知識人へ向けたアイロニーと解釈すれば、その意味するところはこんなことではなかったのか。アイロニカルな警句をくだくだと「解説」するのが〝無粋〟であることは述べておいた。理性がまだまだ輝きを持っていた一七七〇〜八〇年頃、理性と現実の乖離を苦々しく思っていたフランス知識人の苦しい胸中を推察したフォンヴィージンは、やはり〝良識の人〟と言うべきであろう。

しかし、彼の警句の真の狙いはフランスでなく、実はロシアへしっかりと向けられていたのだ。だから「この身はロシア生まれだけれど、魂はフランス王国に属している」が〝決め台詞〟のイワーヌシカに代表されるフランスかぶれを、フォンヴィージンは舞台の上で散々に笑いの対象にしたのであった。この警句の真の狙いは軽佻浮薄な連中を批判しながら、実は祖国の固有の文化を軽蔑し、母語をすら蔑視するロシア貴族、官僚等の知識層に向けられていた。フォンヴィージンは流行に便乗する知識層に対して、憫笑を含んだ揶揄をもって彼らに応えたのであった。やれ「理性」だ、やれ「フランス風」だと流行に敏感な連中が大騒ぎをしているが、当のフランスの実態を知りたまえ、「理性」の実情を見たまえ、フランス人は実は、「理性」について〝面映い〟思いをしているのだ、君らのは思い込みの幻想なのだ、——とフォンヴィージンは棘のある警句でこう発信したのであった。

ところで、当のドストエフスキーはこの警句をどのように受け止めたのだろうか？　かれは警句を引用しながら、繰り返しとなるが、「ああ、彼（フォンヴィージン）はこの一句をいかに楽しい気持ちで書いたことだろう」、「――満足のあまり胸の中がくすぐったくなったに相違ない」と記している。フランスかぶれのロシアの風潮を批判した、知的で機知に富んだこのアフォリズムを、ドストエフスキーが高く評価したのは間違いない。しかしかれは自分のコメントについて、本論で直接解説めいたことを記していない。解説に代えてドストエフスキーは、旅行中かれ自身が体験した小さなエピソードを二つ読者に紹介している。実はその体験が、フォンヴィージンの警句に対するドストエフスキーの解釈、もしくは解説の役割を果たしている。こうした混みいった構成が『夏象冬記』の読みをさらに難解にしているのだ。

エピソードの一つは、ドストエフスキーが乗った列車がようやくフランス国境を越えてまもなくのことであった。税関手続きが意外に簡単に済みほっとしたかれは、ボックス席で隣り合わせた商人風のスイス人と楽しく会話を交わしていた。ある駅で中年の、サラリーマン風の四人連れの男性が乗り込んで、近くのボックス席へ収まった。すると、スイス人は急に不機嫌になり、ドストエフスキーとの会話を打ち切り、移り行く車窓の外景ばかり見ている。スイス人になにか失礼なことでもしたかと、かれが気をもんでいるうちに、次の駅で四人組は揃って下車した。すると、スイス人は再び浮き浮きとした会話を再開した。その間のスイス人の様子が不自然なので、ドストエフスキーは彼に尋ねた。

「あの人たちはほんのちょっとしか乗っていませんでしたね」好奇心を抱いて相手を見ながら、

わたしはこうきり出した。

「だって、あの連中は一丁場だけ乗ったんですもの」

「あなたはあの連中をごぞんじなんですか？」

「あの連中を？　……だって、あれは警官じゃありませんか……」

「え？　警官てなんです？」とわたしはびっくりしてたずねた。

「それそれ……わたしもさっきすぐ気がつきましたよ、あなたは察しがおつきにならないだろう、とね」

「では……いったいスパイなんですか？」（わたしはまだ信じたくなかったのである）

「まあ、そうですな。つまり、わたしたちのために乗ったんですよ」

「あなた確かにごぞんじですか？」

「ああ、そりゃ間違いなしです！　わたしはもう何度もここを通りましたから、あの連中はもう税関で、わたしたちが旅券を調べられている時から、わたしたちを指さして見せられたのです。わたしたちの名前や、そのほかいろいろなことを教えられたのです。さあ、そこであの連中は、わたしたちを送るために乗り込んだわけですよ」

「でも、あの連中がもうわれわれを見たとすれば、なんのために送る必要があるんでしょう？　だって、あなたはそうおっしゃったでしょう、もう税関にいる時からわたしたちを指でさして見せられたって？」

「ええ、そうですよ、それにわたしたちの名前まで教えられたんですよ。が、それだけじゃ足りないので、今度は詳しくわたしたちを研究しました。顔、服装、旅行カバン、ひと口にいえば、あなたの外見を何もかもね。あなたのカフス・ボタンだって見届けましたよ。ほら、あなたはシガレット・ケースを出されたでしょう、そのシガレット・ケースも見届けましたよ。まあ、どんな細かい点でも、どんな特徴でもね。（中略）で、そういった細かいことが、捜査の助けになるかもしれませんからね。それはみんなあの停車場から、さっそくパリへ電報で知らされるのです。すると、向こうでは万一の場合のために、しかるべき所で保存されます。その上、ホテルの経営者も外国人のことは、何もかも詳細に報告しなくちゃならないのです。やはりこまごましたことまでね[16]」

ドストエフスキーにとって外国旅行は今回がはじめてであった。しかも一人旅である。勝手が分からず、戸惑ったり、困ったり、ずいぶんと心細い思いをしたこともあったであろう。そんな気弱になっている時、芝居もどきに、スパイがかれの身辺を探りはじめたのである。車中で集めた情報は、パリのしかるべき機関へ集中されるらしい。このスパイ行為は、前歴を持つドストエフスキーを対象にした例外的な行動ではなかった。スイス人の話によれば、常態化しているのである。言うまでもなく、ロシアの都市にも多数の制服、私服の刑事が市民を監視しているし、当局へ情報を売る密告者も大勢いる。しかし、文明の先進国フランスで個々人に対してこれほどの監視体制が敷かれているとは、ドストエフスキーはおそらく露、想像しなかったに違いない。〝フランス人はこまで猜疑心が強いのか〟と、かれは大いに驚きもしたし、半ば恐怖心を抱いたのではあるまいか。「『いやはや』とわたしは考えた。『フランス人は理性を持たないなんて、これはどうだ』そして（正直なところ、恥ずかしい気持ちで）、何かほんとうにしかねるように、スイス人を横目に見た」とドストエフスキーは記している。かれはこう思ったのであろう、「フランス人は理性を持たない」どころの話ではあるまい。他者に対する強い警戒心、不信感、猜疑心がフランス社会全体を支配していて、彼らは相互不信の中でこんな風に「理性」的な暮らしを強いられているのではあるまいか、と。

二番目のエピソードはその時のものである。長い引用になる。

ドストエフスキーは十日ほどパリで過ごした後、ロンドンへ向かい、一週間後再びパリへ戻った。予定していたグランド・ホテルの部屋が取れなかったので、ドストエフスキーは苦労の末に、やっと場末の安ホテルの部屋を見つけた。並外れて心遣いの細かい、丁重な中年過ぎの経営者夫妻が帳場へかれを案内した。

「失礼ですが」と彼女はきわめてていちょうに切り出した。

「わたくしども、あなた様の特徴を書かせていただかなくちゃなりませんので」

「でも、それはもうすんだはずですが……旅券があなたの手もとにあるでしょう」

「さようでございます、でもあなたのご身分は？」（中略）

「いっそ地主と書きましょう、いかがでございます？」と主婦がたずねた。「それが一番よろしいでしょう」（中略）

「さて、今度はあなたがパリへいらした理由」

「漫遊客としてですよ、旅行の道筋に当たっているので」

「ふむ……さよう、パリ見物のためですね。失礼ですが、ムシュウ、あなたの身長は？」

「といって、なんです、その身長ってのは？」

「あなたの背の高さがどれくらいおありになるか？」

「ごらんのとおり、中背ですよ」

「それはそうですけれど、ムシュウ……もっと詳しいことを伺いたいんですの……わたしの考えますには、わたしの考えたところでは……」ちょっと困った様子で言葉をつづけながら、目つきで夫と相談するのである。

「わたしの考えでは、これこれぐらいだろうな」と主人はわたしの身長を目分量で何メートルと決めた。

「いったいこんなことがなんのために必要なんです？」とわたしはきいた。

「そりゃ、ぜひ、ひ、つ、よう、なのでございます」必要という言葉を愛想よく引き伸ばしながら、主婦はこう答えたが、わたしの身長を帳簿に書き込んだ。「今度は、ムシュウ、あなたのお髪《ぐし》でございます。ブロンドでいらっしゃいますね。ふむ！　……かなり明るい色つやで……まっすぐな……」

　彼女は髪も書き込んだ。

「失礼ですが、ムシュウ」彼女はペンを置いて、椅子から立ちあがり、思い切り愛想のいい様子でわたしの傍へ近寄りながら、言葉をつづけるのであった。「どうぞこちらへ、二足ほど窓のほうへお寄りを。あなたのお目の色をよく拝見しなくちゃなりませんから。ふむ！……淡いろですね……」

そういって、彼女はまた目で主人と相談した。この夫婦はお互いにひどく愛し合っているらしい。

「どっちかというと、灰色の調子だね」と主人はとくに事務的な、心配らしい顔つきで注意した。

（中略）

「さて、そこでおたずねしますが」試験がぜんぶ終わった時、わたしは主婦にこういった。「いったいこんなにまで正確な報告が要求されるんですか？」

「そりゃ、ムシュウ、ひ、つ、よう、なんでございますよ！……」▼17

身長が何センチだの、髪の色がどうだの、目の色は「灰色の調子」だのと、パリでは数日間滞在するのにこうまで微細な検査が必要なのかと、ドストエフスキーは怒りよりも先に、あきれてしまったのではあるまいか。フロントに立った人のいい中年夫婦は、むろん当局の指示に従ったまでのことである。この場面には、人と人とを結ぶ信頼関係がまったくない。「自由、平等、博愛」の末裔にふさわしい寛容さは、みじんも見られない。ホテルの経営者が好人物の夫婦で泊まり客に丁重であるだけに、いっそう信頼関係の欠如がいとわしく思われる。

さて、ここで『夏象冬記』の第四章の小見出しをもう一度確認しておこう。「第4の、そして旅行者にとっては無用でない章　はたして『フランス人は理性を持っていない』か？　についての最後的決定」となっている。「小見出し」にしてはずいぶんと長く、かつくどいが、ドストエフスキーはどのような「最後的決定」を下したのであろうか？　この問いは、上記の二つの小さな出来事がフォンヴィージンの「警句」とどのように関連しているのかという問題と重なる。実はドストエフスキーが『夏象冬記』で引用している「警句」には、最後の一行が欠けている。ドストエフスキーが故意に落としたのであろうか。改めてフォンヴィージンの「警句」を全文引用しよう。邦訳は、前出小泉猛氏の「巻末訳注」からである。なお、氏は米川訳の「理性」を「判断力」と訳出しているが、内容に異動はない。

「フランス人は判断力を持っていない、それればかりか、判断力を持つことを自分の人生における不幸と見做すだろう。それでは楽しむべき場合に、物を考えさせられることになってしまうから」

これで、警句とエピソードのつながりがはっきりした。楽しいはずのドストエフスキーの外国旅行が、車中やフロントでの監視や検査のおかげで、「物を考えさせられる」場に変じてしまったのである。フロントでの主人夫妻の物腰穏やかな対応の裏に、ドストエフスキーはフランス人を支配する相互の深い不信感と共に、「理性」が国家による監視体制の役目しか果たしていない実態を体験したのである。こんなことなら、「理性」なんか〝なくもがな〟と思うのは、一人ドストエフスキーだけではあるまい。

ドストエフスキーはこう考える——、私の小さな二つの体験は、これからフランスを旅行する者にとって教訓となるべきものである。私の体験は今後の旅行者に決して「無用」ではない。フォンヴィージンの炯眼が語るように、フランスでは十八世紀後半に既に、「理性」は「物を考えさせる」厄介者扱いになっていた。そうした事情は「先進国」のフランスで長く続き、十九世紀半ばにフランスへ旅行した私（＝ドストエフスキー）も身をもって同様の体験をしたのであった。そうした状況を踏まえて、ドストエフスキーは理性について「最後的決定」を下す。

いったいどうしてブルジョアは、いまだに何かびくついてでもいるようなふうなのだろう、何か尻の落ちつかない様子をしているのだろう？　いったい何を心配しなくてはならないことがあるのだろう？　大言壮語のやからをか、饒舌漢をか？　そんなものなど、今はほんの一蹴りでふっ飛ばしてしまえるはずだ。では、純粋理性の論証をか？　しかし、理性は現実の前へ出ると無力なものである。（中略）純粋理性の論証なんてものはない、純粋理性そのものからしてこの世にありゃしない、あるのはイヴァンや、ピョートルや、ギュスターヴなどの理性ばかり、純粋理性なんてものはてんでありゃしなかった。[18]

しかるに十九世紀半ばのロシア知識人はどうであろうか？　彼らはいまだにフランスの実情を見ようともしない。ひたすらフランスに憧れ、「理性」を後生大事に抱え込んでいる。フォンヴィージンの警句は、彼らによっていっこうに生かされていない。だから、ドストエフスキーも遅ればせながらフォンヴィージンに倣って、「満足のあまり胸の中がくすぐったく」なるのを堪えながら、ロシアの知識人を揶揄する意味をこめて、フランス旅行での小さな出来事を彼らへ示したのである。「純粋理性などない」と言い切ったこの時のドストエフスキーの顔には、苦渋に満ちた「地下室の男」の顔が一部表れていた。以下、本書の記述は、「地下室の男」へ移る。

第五章　「魂の語り部」の誕生──『地下室の手記』──

第一節　思索する男

ドストエフスキーは本論へ入る前に、「まえがき」、「序文」とも言うべき一文を記すことがままある。例えばわれわれが既に検討してきた『死の家の記録』には、オムスク監獄の情景描写へ入る前に長い「序詞」があって、作者が本編を出版するに当たっての事情が説明されている。『死の家の記録』は、妻殺害のため十年の懲役を終えたゴリャンチコフという男が「発狂状態で」書いた手記を、作者が整理して読者に提示するという設定になっている。この「序詞」は検閲に配慮したドストエフスキーが、当局との不用意な摩擦を避けるために予防線を張ったもので、本文の理解にはほとんど役に立たない。

一八六四年雑誌『エポーハ』（世紀）に発表された『地下室の手記』は「I　地下室」（以下、本書ではこの部分を「本編」と記す）と「II　ぼた雪に寄せて」の二部からなっている。作家自身「まえがき」とは断っていないが、それに相当するものが、本編の前に置かれている。ごく短いものではあるが、

こちらの方は本編の内容と深いつながりがあって、いくつかの問題を指摘することができる。たとえば、

　私は、読者の眼前に、つい最近過ぎ去った時代の典型の一つを、通常より少し目立つ形で描出したいと考えた。▼1

とある。「つい最近過ぎ去った時代」とはいつの時代のことなのであろうか？　また、「典型」として主人公を描出したと言うが、この場合「典型」とは何を指しているのであろうか？　さらに、「通常より少し目立つ形で」主人公を描き出したとあるが、なぜ目立つ形が必要だったのか、そしてそのことは当該作品にどのように定着したのか等々。

「つい最近過ぎ去った時代」とはいつのことなのか、これには定説とでも言うべきものがあって、「一八四〇年代」、あのロシア文学の黄金時代を指している。『地下室の手記』の発表が一八六四年のことであるから、この作品はロシア文学史における「四〇年代対六〇年代」という対比を背景に書かれたものであることが分かる。

　上記引用に、「つい最近過ぎ去った時代の典型」とある。つまり、ドストエフスキーは四〇年代知識人の典型的なあり方を、読者に提示したい思いがあったのであろうが、ここでの「典型」とは何を指しているのであろうか。この問いにはまだ「定説」はないようである。四〇年代知識人の典型的なあり方、生き方として、たとえばツルゲーネフの『ルージン』や『余計者の日記』を念頭に置い

て、「余計者」と見る見解があるだろう。「余計者」とは、周囲の凡俗な日常生活に飽き足らず、社会の改革を強く意識しながらも、苛烈な専制政治の下で実践的な行動へ移れない知識人を指す。あるいは、ドストエフスキーが後年『作家の日記』で語った夢想家（「当時わたしは手のつけられないほどの夢想家であった」）も「余計者」と言えるかもしれない。後に検討するように、悪罵と嘲笑のシニシズムの中で、地下室に蟄居する世捨て人のような主人公（以下、本章では「地下室の男」もしくは単に「男」と記す）を、果たして四〇年代の典型と見做していいものかどうか、疑問が湧く。さすがに作家もそのあたりは心配したものか、主人公について「通常より少し目立つ形で」描き出したと、読者に「断り」を入れている。つまり、「男」の言説には幾分誇張したところがあるので、その分割り引いて読んで欲しい、との作家のメッセージである。ドストエフスキーは兄ミハイルに宛てた六四年三月二十日付けの手紙の中で「全体の調子からいうと、それは実に奇妙なものです。烈しい乱暴な調子なのです」（『全集』第十六巻、四六〇頁）と書き送っている。後述するように、事実、この男の逆説や毒舌は読者の誤解を受けかねないほどの激越さなのである。読者へ向けたドストエフスキーの「断り」はそれとして、しかし、なぜドストエフスキーは「通常より少し目立つ形で」男を描かなければならなかったのかという疑問はまだ残る。

本編冒頭の「俺は病んでいる――」の一文が明らかにしているように、本編は一人称告白体の叙述である。文中、あたかも論争相手と対峙しているかのような文体が多く見られるが、それも含めての一人称告白体である。読者は本編を読み進むにつれて、地下室の男とドストエフスキーを同一人物として読みたい誘惑に駆られる。と言うわけは、ドストエフスキーの後々の長編小説に登場する諸人物

（たとえば、ラスコーリニコフ、スタヴローギン等）が語る形而上学が、片々《へんぺん》ながら男の毒舌の中に先取りされているから。男が熱中して語る反合理主義や悪の哲学は、周知のように、ドストエフスキーの世界観の重要な部分をなしている。

作者は地下室の男について、「そもそも我々の社会が形成された事情を考慮すれば、我々の社会に存在する可能性は大いにある」とも述べている。では、「我々の社会が形成された事情」とは何を指しているのか？「事情」の発端が十七世紀末、ピョートル帝によって強行された西欧化政策を指す点には、誰にも異論はあるまい。ピョートルの西欧化政策はロシア社会の支配層に甚大な影響を与え、その後のこの国の発展に大いに寄与したのであるが、他方、この国の基礎をなしている民衆、とりわけ農民は西欧化の「枠」からはずされて、なんの利益も得ることがなかった。上記の「事情」とは、このようなロシア社会のゆがんだ二重構造を指している。この点までは、ロシア史の常識であろう。

ところがこの事情に対して、知識人はいかに対応すべきかとなると、議論百出の状態で、論を集約するどころか、整理することすら不可能な混乱が長い間続いた。政治的には、祭政一致による神権政治の主張から、共和政治、社会主義の要求まであった。思想面ではスラヴ派対西欧派の対立が三十年以上も続いた。政治運動の視点から言えば、農民の革命本能、農民一揆に期待する立場と、農民の政治意識の向上を目的とした啓蒙活動が長く対立した。

ドストエフスキーは「まえがき」で、このように「我々の社会が形成された事情」を考え合わせると、本編主人公は、社会に存在する可能性は大いにある、と断言している。ロシアの改革を志しながらも、心ならずも一層の混乱をもたらしたさまざまな思想に、果たして、この男は新しい地平を切り開くことができたのであろうか。「まえがき」でドストエフスキーは「それは、いまだ生き残っている世代の代表者の一人である」と記した。「それ」とは、地下室の男のことである。するとこの男は、四〇年代に悪名高いニコライ一世治下で、ロマン主義、理想主義の高揚を体験し、六〇年代アレクサンドル二世の比較的「自由な」社会の下で、功利主義や唯物論を見聞きした人物となる。この男が「四〇年代」をどのように総括し、「六〇年代」をどのように生きるのか、それが本書のテーマの一つである。

著者は本作品の「地下室」と題された前半部を中心に考察を進める。

この男はいきなり「俺は病んでいる……」と言う。肝臓が悪いらしいとも話すが、医者に診てもらったわけではない。実はこの男、医者嫌いで、ここ二十年というもの、一度も医者にかかったことがないのだ。となれば、身体の方はむしろ丈夫なのであろう。「俺は病んでいる……」。ねじけた根性の男だ」と続くところを見ると、精神を病んでいるらしい。医者も医学も嫌いで、なんにつけ男は「このうえもなく迷信深い」(九頁)とうそぶくところを見ると、この男は時勢に逆らって生きているだけでなく、自分自身にも逆らって生きているようだ。「肝臓が悪いなら悪いでかまうもんか、もっとうんと悪くなりゃあいい!」(一〇頁)と捨て鉢気味に言っている。この思わせの偽悪振りや常識に反する逆説めいた奇矯な言辞が本編文体の基調をなしている。〝あんた方は、みな無事息災に暮らしているようだが、俺だけは時代の苦悩を背負って病んでいるのだ〟と言わんばかりではないか。そのうえ、「俺はこのうえもなく迷信深い」とわざわざ断りを入れたところにも、なにやら曰く因縁がありそうだ。「まあ、少なくとも医学を立派なものだと信じこむほどには迷信深い」と男は広言している。

ところで、この「医学」を過去三百年西欧近代史の牽引役を果たしてきた自然科学に置き換えたら、どうなるだろうか？　この場合、この男に対するわれわれの視界はにわかに拡大する。医者嫌いな奇人めいたこの男が「反科学」・「反近代」という重い思想課題を担った人物と映るのである。

この男は二十年間下級職員として役所勤めをした。「俺は意地の悪い役人だった」（一〇頁）と自らその仕事振りを回想している。賄賂を取らなかったのが唯一の取柄だったが、その代わり書類を貰いに来た依頼者へは「――がみがみと怒鳴りつけ、うまいこと相手をがっくりさせることができると、抑えがたい快感を覚えたものだ」（一〇頁）と当時を回顧している。「抑えがたい快感を覚えた」というのだから、尋常ではない。たまたま行き違いがあって、男が来訪者に生《なま》の感情をぶつけたのではない。怒鳴りつける口実を見つけると、かならず来訪者を怒鳴りつけたのだ。「俺は今、四十だが、四十といえば全生涯だ」（一三頁）、男はその年にまでなって、なにが楽しくて、そんな生き方をしてきたのだろうか――？

だが、この男の次の告白を聞くと、まったく別の見方が生まれる。

俺がねじけた根性で意地を張ることに関して、最大のポイントはどこにあるか、あんた方はそれを知っているかね？　問題のすべては、そう、もっとも忌々《いま》しいのは、実はこういう点なんだ。つまり、俺は絶えず、それこそいちばんひどい癇癪《かんしゃく》を起こしている時でさえ、自分はべつに意地が悪いわけじゃない、それどころか癇癪もちですらない、ただいたずらに雀〔小心な依頼者：引用者〕どもを脅かしては、そんなことで自分を慰めているにすぎないのだと、恥知らずにもひそかに認

めていたのだよ。▼2

ここには、来訪者を脅しつけて喜んでいる自分と、そんな自分を見つめているもう一人の自分がいる。「雀ども」を脅してわずかに自分を慰めている自己がいて、そんな行為をする自己の存在を、人に言うも憚れる卑劣な行為だと意識しているもう一人の自己がいる。この男は、近代人に特有の「意識の二重性」にからめとられているのだ。「雀ども」を脅しつけて日頃の鬱憤を晴らした途端、男の小さな良心が動き出して、その行為にチェックを入れる。二つの意識の相克の中で、男は二十年も役所勤めをしてきた。そんな人生しか送れなかった自分が最も忌々しいと嘆く。だから去年、遠い親戚がいくばくかの財産を遺してくれたおかげで、すぐさま役所を辞して、今では、穴蔵のような地下室に籠もって暮らしている。

この男、自己の内面を見る眼は極めて厳しい。他者を責めるに厳しく、自省は甘くなるのが世の常なのだが、男の自己批判には他者へ向けると同等に、いや、時にはそれ以上に厳しい。この男には昔、役人生活以外に、なにか志を持って生きようとした時期があったのではあるまいか。そのために次の引用は、殊のほか慚愧の念が際立っている。

俺は意地悪な人間になれなかっただけじゃない。何者にも――意地悪にも、善良にも、手のつけられないろくでなしにも、正直者にも、英雄にも、虫けらにさえ、なりえなかった。今じゃとうとう、俺の居場所と思い定めたどん詰まりのすみっこに引き籠ったきり、「賢い人間ならおよそ、まともな何者かになれるはずがない、何者かになりうるのは愚か者だけだ」という、ねじけた愚にもつかない慰めを口にしては、己をなぶりものにしている。[3]

この男の深い挫折感はどこに由来するのか？　才知に恵まれなかったゆえなのか、それとも、時代という壁に阻まれてのことなのか？　それにしても、引用の最後の一文、「ねじけた愚にもつかない慰めを口にしては、己をなぶりものにしている」にはめずらしく、男の「素顔」が覗いている。「正直者にも、英雄にも」なれなかった、と男は回想する。「正直者」、「英雄」は「意地悪」、「虫けら」との対比で使われている語句だが、たんに文意を強めるためのレトリックとは思えない。上記引用のパセティックな調子から推測すれば、この男は若い頃、正直者になろう、「英雄」はカッコに入れるとして、少なくとも有為な者になろう、と志した時代があったと考えてよかろう。

前にも触れたのだが、この地下室の男は、一八四〇年代、ニコライ一世の専制治下で、ロシア文学の黄金時代を体験した。ニコライ没後、幾分か自由を回復したアレクサンドル二世の下で、功利主義哲学が盛んになるのも見聞した。このように時代が変わり、文芸思潮が変化するなかで、しかし、男は結局「何者にも——虫けらにさえ」もなれなかった、と語っている。この告白は、男が時代の変化に決して無関心ではなかったことを証明してくれる。と同時に、この告白は、時代に対する、そして自己に対する深い、深い挫折感も明らかにしてくれてもいる。この挫折感はどこから来たものなのであろうか？

「何者にも——なれなかった」という点を捉えて、この男をロシア文学特有の「余計者」と見る考えがある。この点は先に触れた。この男は二十年も勤めながら役所で昇進したとか、役職に就いたという話はない。万年平役人だったのであろう。さわやかな弁舌もないし、社交術にも欠けている。自分らしく生きようとすると、他者の心を傷つけずにはすまない。そして、他者を傷つける以外に生きる術のないことを自覚したがゆえに、人間嫌いになって地下室へ籠もった男が、すなわち「地下室の男」なのである。この男はアンチ・ヒーローの諸特徴を一人で背負い込んだ人間に見える。ところが、この男は一つの確かな特質を持って生きている。この男には、「賢者の石」を探し出そうとする中世の錬金術師のごとき風貌がある。ペテルブルグの穴蔵にとじこもって、穴蔵から全宇宙の運行の神秘を解き明かさんとするがごとくに、瞑想の中で暮らしている。

男はペテルブルグという町にこだわる。「――俺は、ペテルブルグに居座っている。ペテルブルグから出て行くもんか！」（一四 - 一五頁）。周知のように、ペテルブルグはピョートル帝によって人為的に造られた都市であった。少人数の村落があり、それが成長して部落となり、さらに人口が増えて町となり、そこに城砦が築かれて都市へ成長するという、村から街への成長の歴史がない都市、それがペテルブルグである。この都市には、人と人とをつなぐ絆がない。ここは、出身地も風俗も宗派も、言語すら異にした、親密な人間関係を失った大勢の人びとが偶然に出会い、別れる町であった。人恋しさのあまり喧騒な街をさまよい歩くのだが、心温まる人との触れあいに恵まれない夜のペテルブルグの情景は、青年時代のドストエフスキーが「フェリエトン」で明らかにしている。

一方で、この街は西欧の文物の入り口でもあった。西欧の進んだ科学技術も文化も、ここを介してロシア全土へ広がった。他方で、この都市は、土地を失った貧しい農民が職を求めて集まり、スラムを形成した猥雑な街でもあった。西欧と土着ロシアが混在するこの都市に、地下室の男はこだわる。近代と前近代とが雑居するこの都市を背景にして、男は地下室という非日常の空間に座して、世を呪詛しながら瞑想に耽っているのだ。

この男はやはり「余計者」なのである。ドストエフスキーはツルゲーネフの諸作品を意識したのか、これまでの余計者とは異質な男を造形したのである。この男は良家の育ちでもないし、他者への優しさも容易に見せない、逆に他者への侮蔑と自己嘲笑の中で生きるアンチ・ヒーローなのである。しかしながら著者は、この男の持ち味がそうしたところにあるとは考えない。この男の特徴は、孤独の中で〝思考〟し続けるところにある。この男は人間の内面を凝視し続けるのである。不断に変化、変動する日常に追われて生きる者には、この男の作業は実益からあまりにも遠く、そのために胡散臭く思える。事実世人からは胡乱《うろん》な男と思われている。それというのも、この男は自己に対しても、他者に対しても〝シニシズム〟という眼内レンズを透して見ているからである。このシニシズムは、この男の挫折体験と深く関わっている。

「誓って言うが、意識しすぎること――これは病気だ。本物の完全な病気だ」（一五頁）、この一文は、本編冒頭の「俺は病んでいる」に対応する。男は肝臓が悪いとか話しているが、病気の本当の原因は意識の過剰にあるのだ。その上厄介な事には、本人がそれを自覚すればするほど、意識は肥大化へ向かう。なぜこの男は意識の過剰に陥ったのだろうか。西欧の人びとが自己を意識するようになったのは、宗教改革とルネッサンスによって社会に一大変革がもたらされた十五～六世紀以降であろう。その時代に前後した、地理上の諸発見と自然科学の成果が、さまざまな分野での自己実現を可能にした。

では逆に、西欧人はいつ頃から意識が過剰であると自覚するようになったのであろうか。こんな疑問を抱きながら、ドストエフスキーのチェルヌイシェフスキー批判をフォローしてみよう。

——不幸な我らが十九世紀の、知性が高度に発達した人間、とりわけペテルブルグみたいな町に住んでいる特別に不幸な人間が背負わされた意識の分量の半分、いや四分の一でも、実は充分過ぎるほどだ。（省略）例えば、いわゆる直情径行型の連中だの、やり手タイプだのが、それで生きている程度の意識で、まったくもって充分なのだ。[4]

男は自分自身を、知性が高度に発達しているがゆえに「特別に不幸な」人間と思い込み、「直情径行」型の人間を意識の低い連中と見下している。知性が高度に発達した高邁な人物だけが背負う身の不運を嘆きながら、この男はその「不運」を自慢もする。直情径行な人と比較して、二倍、四倍も頭脳が発達していると男はうそぶく。なにを根拠にそこまで言い切るのか、この課題は今は暫時脇へ置くとして、その前に直情径行の人間とはどんな人間なのか、この点を先に確かめておこう。直情径行型人間の思考、行動を調べていくうちに地下室の男が自慢する「高度に発達した」知能の内容も幾分明らかになるであろう。

本編の中で、男は「直情径行」型の人間を「やり手タイプ」、「屈託のない率直な連中」、「活動的な連中」、そして単に「あんた方」等々さんざんシニカルに呼んでいる。この「連中」とは、周知のように、チェルヌイシェフスキー、ドブロリューボフ、ピーサレフ等一八五〇年代後半から六〇年代前半にかけて首都の論壇で活躍した、ドストエフスキーよりも一世代若い思想家たちを指している。三人はそれぞれ個性豊かな批評スタイルで、ロシア知識人へ大きな影響を与えたのであるが、イギリス生まれの思想、功利主義を信奉した点で共通していた。

チェルヌイシェフスキーら評論家は功利主義をロシアへ輸入して、それを言論活動の武器とした。その際、彼らは功利主義思想の唯一の革新的部分――社会改革としての平等理論――を本論から切り離し、もっぱら幸福の追求だけを唱道した。チェルヌイシェフスキーは、社会の成員がそれぞれの個別利害を追求してゆけば、そこに自ずから個別利害の相互作用によって、それはやがて一定の方向へ成長し、一つの社会的な合意が形成されると想定した。彼は、個の利益と社会の利益の同時実現を目指すこのロシアの功利主義の核心部分を「理性的エゴイズム」と名づけた。そして彼はこの理性的エゴイズムを新しい社会建設の原理にまで高めた。「理性的エゴイズム」は過去の実践活動の経験によって論証されたものでもないし、チェルヌイシェフスキーの緻密な頭脳によって構築された理論でもない。これはせいぜい、一つの作業仮説に過ぎなかった。

さて、地下室の男はチェルヌイシェフスキーをどのように批判したのか？

地下室の男は「利益」や「理性的エゴイズム」を痛罵する。いわば〝食ってかかる〟といった体の感情剝き出しの批判である。しばらく男の言い分を聞くことにしよう。

ああ、教えてくれ、だれが最初にあんなことを言いだしたのだ？　人間が汚《けが》らわしい行為をするのは、ただただ自分の真の利益を知らないからだなどと、だれが最初にふれまわりだしたのだ？　もし人間を啓蒙《けいもう》して、正しい真の利益に目を開いてやれば、汚らわしい行為など即座にやめて、善良で高潔な存在になるにちがいない。なぜなら、啓蒙されて自分の真の利益を自覚したものは、かならずや善のなかに自分の利益を見出すだろうし、また人間だれしも、みすみす自分の利益に反する行為をするはずもないから、当然の帰結として、いわば必然的に善を行うようになる、だと？　ああ、子供だましはよしてくれ！　無邪気な赤ん坊もいいところだ！▼5

男の批判は感情剝き出しの喋りなのだが、しかし内容は整然としていて、チェルヌイシェフスキーに対して批判すべきところはしっかりと衝いている。引用冒頭の「ああ、教えてくれ」云々には、オムスク監獄でのドストエフスキーの実体験がこめられていると見てよかろう。自分の利益にならないことに、しかもそのことを当の本人も十分知っていて、それでも敢然として突き進んで行く囚人仲間の実例を、毎日、毎夜見てきたのは、ほかならぬドストエフスキー、その人であった。「理性的エゴイズム」や「利益」が、実は一人のロシア知識人の頭脳の産物に過ぎないことは、ドストエフスキーには明々白々であった。個人体験に基づいた論証ほど力強いものはない。彼は、「ああ、子供だましはよしてくれ」と叫ばざるを得なかったのである。

上記引用には、ドストエフスキーの形而上学がチラリと顔を出している。チェルヌイシェフスキーによれば、人間は誰しも自分の利益に反する行為をするはずがないから当然の帰結として、「必然的に善を行うようになる」（傍点は引用者）とドストエフスキーは理解する。必然の反対は言うまでもなく、〝自由〟である。「理性的エゴイズム」論によって訓育された人間には、「あれか」、「これか」の選択の自由がない。必然的に「善」を行うことになる。この必然的に「善」を行うについて、ドストエフスキーは執拗にこだわって、こうも言っている、

あんた方の言う利益というものは、幸福、富、自由、平穏等々だ。だから、こうした目録に、あからさまに意識的に反抗するような者は、あんた方にしてみれば、（中略）よほどの反啓蒙主義者か、さもなければまったく頭がどうかしているということになるのではないか？[6]

本編が発表された一八六〇年代には、西欧にもロシアにもまだ「全体主義」という政治用語は生まれていなかった。全体主義が論ぜられるようになったのは、せいぜい二十世紀前半以降である。だから、ドストエフスキーは五十年も前に、予言めいたことを巧まずして語ったのかもしれない。「反啓蒙主義者」、「頭がどうかしている」人びとは、ナチズム、ファシズム、スターリニズム等の国家体制の下では、〝異端分子〟、〝非国民〟、〝反党分子〟として追放、処刑されたのである。

このようにチェルヌイシェフスキーの「必然的善行」論を批判したドストエフスキーは最後に、前者の「利益」に対して自説を対置する。

利益！　だいたい利益とは何だ？　人間の利益とはそもそも何であるかを、正確無比に定義できる自信が、諸君にあるとでもいうのか？　いや、それより、もしひょっとして、人間の利益はある場合には、人間が自分に有利なことではなく、不利なことを望む点にこそありうるし、むしろ

それが当然だということになったら、どうなるのだ？[7]

〝自由〟ほど、内容の豊かな概念はない。これまでの歴史の過程でさまざまな解釈があったし、定義があった。今後の歴史においても、また、さまざまな解釈が可能であろう。しかしながら、「なにものにも拘束されていない」状態というのが、自由を論ずる最初の一歩であることには間違いない。もちろん、「なにから拘束されていないのか」を巡って、自由論は直ちに難しい隘路へ向かうのであるが。ドストエフスキーは、上記引用に見るように、自分に有利なことではなく、逆に、「不利なことを望む」点に自由の核心を見ている。ドストエフスキーの自由論は、晩年、「大審問官物語」（『カラマーゾフの兄弟』）において、人類史に関わる大問題として論じられるのであるが、『地下室の手記』の段階では、「我意」、つまり己の思いのままに行動し、実行する自由という意味合いが濃い。

この「我意」は、誤解を受けやすい部分である。著者はドストエフスキーにこの点、異論を呈さねばならない。彼はこう言っている、

――誰にもなんにも強制されているわけでもないのに、まるで指示された道にだけは進むまいとでもいうように、意固地になって強情を張り、わざわざ別の困難なとんでもない道を、ほとんど暗闇の中を手探りで進むようにして切り拓いてきたこと、それを証《あか》す幾百万の事実をどう扱えばよいのだ？　つまり、彼らにとっては、実際、この強情だのわがままだののほうが、いかなる利益よりも心地良かったということじゃないか……。[8]

上の引用で明らかなように、ドストエフスキーは自由の核心をあえて自己に「不利なことを望む」点に求めた。この不利なことを望む動機が「強情」であったり、「わがまま」であるかぎり、これは、要するに個々人のエゴイズム、つまり「我意」に過ぎない。ということは、ドストエフスキーはチェルヌイシェフスキーの「理性的エゴイズム」論を、「我意」という個人のエゴイズムによって批判したに過ぎないことになろう。前者が自己の利益に則して、後者は自己の利益に反して、という運動方向は正反対ではあるが、両者は〝個〟による発意を基礎にしている点で共通している。これでは残念ながら、程度の低い反論と言わざるを得ない。だが幸いなことに、自由に関するドストエフスキーの見解はここで終わってはいない。ドストエフスキーはチェルヌイシェフスキーに対する批判と同時に、一八四〇年代の彼自身への批判を介して、議論を深めた。次節でその詳細を探ろう。

第二節　痛苦な自己批判

本編「地下室」は数多くあるドストエフスキーの作品の中でも、特に難解な一書として知られている。著者は、米川正夫、江川卓、亀山郁夫、工藤精一郎、そして安岡治子諸氏の訳文を手許に置いているのだが、諸先生方はみな、「地下室」の独特の文体、リズム、表現をどのように日本語へ生かすのかに苦心されている。ウラジーミル・ナボコフは大学生に向けた講義の中で、本編について次のように述べた。

この作品に関する私の興味は、文体の研究に限定される。これはドストエフスキーの主題、方式、語調を最もよく描き出した一枚の絵であり、ドストエフスキー的世界の縮図である。▼9

ここであなた方に警告しておくが、この第一部の十一の章は、表現され語られている内容ではなく、それが表現され語られる方法に意味があるのだ。語り口は人柄を反映する。神経症を病む、怒りっぽい、挫折感に捉われた、恐ろしく不幸な男の語り口や癖を通して、ドストエフスキーは告白の汚水溜めのなかの反映を見定めようと瞳をこらすのである。▼10

ナボコフは「内容」を切り捨てて、表現方法の特異さにのみ注目する。男の語り口に注目する点では、中村健之介氏も同じである。

その最初の断章「地下室」で私たちは、いわばこの手記者の独演をうんざりするほど楽しむことになる。ドストエフスキーの書くものは初期の短編でも後期の長編でもおかしくて思わず笑ってしまう個所が多いのだが、『地下室の手記』（一八六四年）のいやらしくて滑稽な、それでいて赤むけた傷に風があたってひりひりするような痛さもあるお喋りの面白さはまた格別である。これは全編いわば様々な色あいの笑いをかもし出す酵母のかたまりだと言ってよいだろう。▼11

しかし、ドストエフスキーの作品を多数翻訳されている亀山郁夫氏は『［新訳］地下室の記録』の

巻末解説「革命か、マゾヒズムか」の中で、

わたしはあえてこの小説を、ドストエフスキーによる「自己探求の書」と呼ぶことにする。作者みずからが、自分、いや人間とは何か、という問いをめぐってまさに限界的とも言える思索を重ねた書、現代的に言いかえるなら、まさに、自分探しの書と。[12]

と述べて、地下室の男の言説に哲学を求めている。本編に関するこれまでの長い〝批評史〟に立てば、亀山氏の読み方がいわば本流であろう。逐一内容には触れないが、「神の必然性」（ロザーノフ）、「残酷な才能」（ミハイロフスキー）、「人間の苦悩」（シェストフ）、「非合理性の余剰」（ベルジャーエフ）、「悪意の哲学」（カー）等々、本編から哲学論、あるいは人間論を読み取っている論調は多い。

本書著者も非才ながら、本編にある種の形而上学を求めている。著者の問題意識はおおかた次のようなものである。

本編は二重の批判からなっている。一つは、前節で明らかにしたようにチェルヌイシェフスキー批判である。もう一つは、一八四〇年代ドストエフスキーが信奉した博愛主義、人道主義に対する批判である。この二つの批判をドストエフスキーは、対比させ、交差させ、時には二重化させながら、独自の語り口で展開している。しかし、この二つの批判は次元を異にしている。前者の作業は、チェルヌイシェフスキーの「合理的エゴイズム」論を論破することで足りた。後者は若い頃のドストエフスキー自身が、自分の世界観として、また芸術上の理念として信じたイデオロギーであった。博愛主義

や人道主義は当時のドストエフスキーの文学的霊感を産みだす源泉であった。『貧しき人びと』、『白夜』、『弱い心』等がそのことを証明している。かつて自分が信じた思想を批判する、すなわち自己批判が後者の目的である。本編を通読すれば分かるように、彼の自己批判は重々しく、痛々しく、難渋を極めた。かれの自己批判はわが身の肉を削ぎ、骨を断つ体の作業であった。

ドストエフスキーはこの二つの批判を本編で同時進行させている。このことが、本編の理解を著しく困難にしているのである。次の引用は、四〇年代ロマン主義美学に関するドストエフスキーの辛い想いを語っている。

この《麗しく崇高なるもの》に四十歳の俺はもう辟易《へきえき》している。しかし、これは四十歳の俺だ。だがあの頃なら、ああ、あの頃ならまったく違うようになるはずだったのだ！　俺は、すぐさまふさわしい活動を見出しただろう。それはすなわち、あらゆる《麗しく崇高なるもの》の健勝を祝して飲むことである。あらゆる機会にかこつけて、まずは自分の杯に涙を一滴垂らしてから、やがてその杯を、あらゆる《麗しく崇高なるもの》のために飲み干しただろう。そうなったら、この世のあらゆるものを《麗しく崇高なるもの》に変えてしまうのだ。最も醜悪な、まぎれもない屑の中にさえ、《麗しく崇高なるもの》を見出しただろう。▼13

上の引用中、《麗しく崇高なるもの》（訳文によっては、「美にして崇高なるもの」とも）は哲学者カントの論文から引用したものと訳注がついている。この《麗しく崇高なるもの》は一八四〇年代のロマン主義者によほど好まれたフレーズらしく、当時の文学理念のシンボルの役割を果たした。しかしながら、亀山氏が「訳註　3」で指摘されているように、「一八四〇年代から六〇年代にかけて、純粋芸術の美学に対する再評価が起こったあとでは、この表現は、もはやアイロニカルなニュアンスなしでは語れなくってていた」(前掲、二二六頁)。

とはいえ、こうした文芸思想の潮流にもかかわらず、地下室の男は、もしくはドストエフスキーは、《麗しく崇高なるもの》に相当深い未練を残していることが、上記の引用から分かる。「だがあの頃なら、ああ、あの頃ならまったく違うようになるはず」であって、男は即座に優れた作品を何本も書き上げることもできたであろう。事は文学の世界だけに止まらない。「そうなったら、この世のあらゆるものを」変革せずにはおかないだろうと、ドストエフスキーは十年の懲役の苦役を忘れたかのように述懐している。

「俺は意地悪な人間になれなかっただけじゃない。何者にも——意地悪にも、善良にも、手のつけられないろくでなしにも、正直者にも、英雄にも、虫けらにさえ、なりえなかった」、これは先に紹介したフレーズであるが、彼は自己を「虫けら」以下の人間と自責している。地下室の「男」とドストエフスキーを二重写しにして本編を読むことはある程度許されるとしても、四〇年代にロシア文学の一翼を担ったドストエフスキーが、自身を「虫けら」同然と断罪するのはいかにも過激すぎるのではないのか。だが、こうした過激な自己批判から新たな文学の地平が開かれる。もともと、この男を二十年も地下室に蟄居させるという、この小説の基本設定自体が過激なのではあるが、作家ドストエフスキーはそのように設定せざるを得ない自己を、内心のどこかで感じていたはずなのである。かれはこう述べている。

なにしろこの《美にして崇高なるもの》は、四十年のぼくの生涯、ぼくの頭にべったりとこびりついてはなれなかったものなのだ。[14]

ドストエフスキーは小説家を志した若い頃以来、起伏の多い生涯を通してずっとロマン主義美学にこだわり、思索を続けてきた。流刑後文壇へ復帰した後においてもこだわり続けた。「前に光明であり真理であると思い込んでいた思想の虚偽と不正をついに確信する」（『全集』第十四巻「作家の日記」一六二頁）には、十年間の苦役という、まさに地獄に身を挺す必要があったのである。だから、地下室での蟄居とは、思索の地獄のことである。その思索の中心にニヒリズムがあった。

第三節　棺台の瞑想

「ニヒリズムとは何を意味するのか。――最高の諸価値が無価値になるということ。目標が欠けている。『なにゆえか』という問いへの答えが欠けている」[15]（傍点は原文）と、一八八二年頃ニーチェは『力への意志』に記した。ドストエフスキーはニーチェのこの言葉が発せられる前に死去しているから、かれはこの定義を知ることはなかった。しかし、歴史的順序では真逆になるが、ドストエフスキーほどこの意味でのニヒリズムにこだわった作家は少なかろう。かれの『地下室の手記』以降の諸作品は、ニヒリズムの克服という課題を措いては語れない。試みに、『罪と罰』の主人公、ラスコーリニコフを想起するがよい。かれは、生命の絶対尊厳という命題にあえて挑戦して、有害無益な存在と思われた市井の老婆を殺害した。犯行後、かれは何を目標に生きたらよいのか、答えが見出せないまま暗澹たる日々を送る。既成価値の全面的な崩壊の意識とそれに伴う自我の喪失、これがニヒリズムの特徴である。

一八六三〜六四年は、ドストエフスキーにとって実に多難な二年間であった。

前年の冬に『夏象冬記』（＝『冬に記す夏の印象』）の執筆を終えたかれは、『ヴレーミャ』に発表する『地下室の手記』の最初の構想を練っていた。その『ヴレーミャ』が六三年四月突然発行禁止となった。ストラーホフのポーランド問題を扱った論文が当局を刺激したのが表向きの理由とされている。しかし、当該論文の削除とか、当該号の発売禁止という経過的な措置も取らずに、一挙に雑誌の発行禁止処分となったのは、ストラーホフ論文の内容よりも、『ヴレーミャ』編集部の影響力を当局が危険視したのが真相であったようだ。雑誌の発行禁止によって、ドストエフスキー兄弟は収入の途を断たれた。

本書では触れなかったが、この頃ドストエフスキーはアンナ・スースロワと同棲関係にあったが、愛憎こもごもの泥沼のような男女関係に倦んだアンナは、かれから離れようとしてドストエフスキーを悩ませた。それがあらぬか、ドストエフスキーはヨーロッパの各地で賭博に熱中し、所持金の全てを失って旅の途上で放浪するような生活が続いた。

ドストエフスキー兄弟やストラーホフの努力で、『ヴレーミャ』の継続誌の発行許可が半年後に下りた。検閲当局は「真実」、「事業」といったタイトルさえ「活動」を暗示するとして許可を下さなかった。『エポーハ』（世紀）という外来語のタイトルでようやく認められたが、本誌はわずかに二号で廃刊となってしまった。

『エポーハ』の刊行に精力的に取り組んでいた兄、ミハイルがその年（六四年）六月に黄疸に罹り、七月十日、死去した。死因は肝臓腫瘍であった、とグロスマンの『年譜』は明らかにしている（同書、二二〇頁）。兄の突然の死はフョードルに大きな衝撃を与えた。二人は十代半ばに、文学に志を得て上京し、軍務のかたわら、共に励まし合いながら創作に取り組んだ仲であった。フョードルがシベリア懲役の間は、兄は自分の家族、事業（煙草製造販売）を一部犠牲にしながら、弟が要求する現金、書籍等々の要求に応えてやった。兄の援助は物質面だけではなかった。弟の懲役・流刑の間、その精神的な動揺や危機、将来への不安や、日々の健康状態のこまごまとした泣き言まで、兄は鷹揚に受けとめて、弟を励まし続けた。フョードルはたびたび自分の創作プランや出版計画、首都の文壇・論壇批判の長文の手紙を送った。シベリアから兄へ送られた手紙類は、『ドストエーフスキイ全集』に書簡集として収められている。われわれドストエフスキー愛読者にとってそれが、どれほど貴重な原資料となっているか計り知れない。二人は長年の間かけがえのない文学仲間であった。兄は弟の文学上の研鑽に大きな励ましを与え続けたのであった。その兄が四十歳をわずかに超えた若さで、妻と四人の子と大きな借金を残して死去した。兄の「負債」について言えば、フョードルがミハイルの遺産相続の権利を放棄すれば、借金の返済は免れるのであったが、律儀なフョードルは兄の名誉を守るために、全額返済の途を選んだ。

兄ミハイルの葬儀を終えて間もなく、『ヴレーミャ』の同人で、同誌に土地主義という思想基盤を与えたアポロン・グリゴーリエフが死去した。これも、ドストエフスキーには痛手であった。

上に見たように、六三~六四年はドストエフスキーに次々と不幸・不運が連続したのだが、妻マリヤ・ドミトリエーヴナの死は、上記の不幸を全て上回る大打撃をドストエフスキーに与えた。二人の出会いは、ドストエフスキーが流刑地セミパラチンスクで軍務に服していた頃に始まった。夫に死なれ、子を抱えて生活に窮していたマリアにドストエフスキーは熱烈な愛を告白して結婚にこぎつけた。五七年一月のことである。マリアにはその頃既に、結核患者に特有の紅い斑点が頬に浮きでていた。流刑地を脱して、ペテルブルグに居所を構えた頃、二人の生活は決して幸福なものではなかった。夫は創作、出版等文学活動に熱中し、妻へは優しくなかった。のみならず、かれは若い女スースロワに夢中になっていた。他方、文学活動に積極的な興味が持てなかったマリアは、夫の立場を理解できず、生来のヒステリックな性格の上に、猜疑心、嫉妬心が加わって夫を悩ませた。そうした事情が加わってか、彼女の結核はますます深刻さを増していった。彼女は古都ウラジーミル（モスクワ北東約二百キロ）で保養に努めていたが、病状は他者に任せられる限度を超えていた。ドストエフスキーが六三年末に彼女を引き取ることになった。ドストエフスキーはモスクワで執筆を続けながら、『エポーハ』の出版事業のため、首都へ出かける二重の暮らしをしていたが、マリアの末期症状は二重の生活を許さなかった。彼女がモスクワへ来た時には、彼女は結核菌に脳を冒されて、精神に異常をきたしていた。「この部屋にはわたしを殺そうとして、敵がいっぱいいる」と言って、絶叫しながら部屋中を駆けめぐったり、「悪魔が部屋にいる!」と悲鳴をあげて、部屋中の窓を全開させたり、という状態が続いた。

他方、ドストエフスキーは精神錯乱に陥った妻がいる隣の部屋で、『地下室の手記』の創作に打ちこんでいた。かれの手紙からいくつか引用する。

> 妻は文字どおりに死んでいきます。毎日、死を待つような瞬間があるのです。その苦しみは恐ろしいばかりで、それがぼくにも響いてくるのです。[16]（傍点は原文）

> 今のぼくの状態の苦しいことといったら、これまでかつて経験したことがないほどです。陰気な生活、おまけに（わたしの）健康がすぐれず、妻はほんとうに死にかけています、夜も昼も、ぼくの神経は、いらいらしどおしです。[17]（傍点は原文）

> 四月十一日、火曜。昨夜、夜中の二時にこの手紙を書き上げました。その後、マリヤはとても悪くなりました。司祭を呼んでくれというので、ぼくはイヴァーノフのところへ行って、司祭を呼びにやりました。[18]

死に行く妻の傍らで創作に集中する夫、これ自体が、死と芸術の壮絶な相克の地獄図と言ってよい。偉大な文豪の妻としては、ロシア文学史に名を残せなかったマリアは、四月十五日夜死去した。

翌日、ドストエフスキーは棺に納められたマリアの傍らに座って、彼女との七年間の短い月日をぼんやりと回想していたのだろう。そして、考えのまとまらぬままに、ノートにメモを残した。それが「棺台の瞑想」と言われるメモである。このメモは公表を予定したものではなく、妻の死に際して気持ちの赴くにまかせ、頭に浮かんだ想念をそのまま記したものであった。そのために表現に難解な部分がいくつかあるが、しかし逆にドストエフスキーの生の考えが記されている点で、貴重な資料でもある。その冒頭部分を引用しよう。

> キリストの掟にしたがって、自分自身のごとく人を愛することは、不可能だ。地上における個性の法則が人を縛る。この我が妨げとなっている。キリストのみがそれを成し得たが、キリストは大昔からの、長い年月を経た理想であって、この理想に向かって人間は努力しているのであり、また自然の法にしたがって努力しなければならないのである。――しかしながら、現身（うつしみ）の形をとった人間の理想としてのキリストの出現以後、（中略）人間が自分の個性に成し得る最高度の利用法は、いわばこの我をほろぼして、それ全体を無差別に無制限に誰にでも提供することだということを、人が発見し、意識し、自分の本性の全力をあげて確信するところまで、まさに到達しなければならないのである。そしてこれが最大の幸福である。このようにして我の掟はヒューマニズムの掟と融け合うのであり、この二つのものの融合において、我と全は（中略）おたがいそれぞれの個性的な最高の目的を達成するのである。[19]（傍点は原文）

引用の後、メモは「めとることも、とつぐこともなく、天の御使いたちのように生きる」とか、「キリストを信ずるならば、永遠に生きることを信ずることである」等の神秘的な瞑想がかなり長く続く。

著者はドストエフスキーの神秘的神学には関心がないので、冒頭の一文、「キリストの掟にしたがって、自分自身のごとく人を愛することは、不可能だ」に限って考察する。ここに、この時期のかれの信仰のあり方が明瞭に示されている。

しかし、この時期（一八六〇年前半）、ドストエフスキーがどのような信仰を抱いていたかを確定するには、それ以前のかれの信仰のあり方を見ておかなければならない。幸い、その作業に恰好の資料、「フォンヴィージン夫人への手紙」がある。行論の関係上「棺台の瞑想」はしばらく脇へ置いて、「手紙」の内容を先に簡略、紹介しよう。

「フォンヴィージン夫人への手紙」はこれまでのドストエフスキーの信仰のあり方を二つの側面から明らかにしてくれる。一つは、キリストへの信と不信の葛藤、二つ目は、「人格神」としてのキリスト教信仰である。前者については、多くのドストエフスキー研究書が言及しているが、ドストエフスキー自身の生々しい告白を引用しよう。

——わたしは世紀の子です、今日まで、いや、それどころか、棺を蔽われるまで、不信と懐疑の子です。この信仰に対する渇望は、わたしにとってどれだけの恐ろしい苦悶に値したか、また現に値しているか——。[20]

このように、ドストエフスキーは神に対して信と不信の間で、激しい葛藤があったことをまざまざと表明しているが、同時に、「——もしだれかがわたしに向かって、キリストは真理の外にあることを証明し、また実際に真理がキリストの外にあったとしても、わたしはむしろ真理よりもキリストとともにあることを望むでしょう」と、信仰への確信を表明している。ここでの「真理」は、自然科学によって証明された〝事実〟を指しているのであろう。あるいは、推測になるが、十九世紀半ば西欧諸国で激しい論争の渦中にあった「ダーウィニズム」がドストエフスキーの念頭にあったのかもしれない。六〇年代のロシア思想界にダーウィニズムがどのような影響を及ぼしたのか、寡聞にしてその方面の研究書に接していないが、しかし、ダニレフスキー『ロシアとヨーロッパ』（一八六九年刊行）には、ダーウィニズムの影響が顕著である（本書第三章参照）。

この「手紙」は信仰についてのドストエフスキーの苦衷を伝えるだけではなく、当時のかれの信仰のあり方をも伝えている点も見逃してはならない。実はこの点は類書でこれまで論及されたことがない。「手紙」での次の一文が重要である。

――神様は時として、完全に平安な瞬間を授けてくださいます。そういう時、わたしは自分でも愛しますし、人にも愛されているのを発見します。つまり、そういう時、わたしは自分の内部に信仰のシンボルを築き上げるのですが、そこではいっさいのものがわたしにとって明瞭かつ神聖なのです。このシンボルはきわめて簡単であって、すなわち次のとおりです。キリストより以上に美しく、深く、同情のある、理性的な、雄々しい、完璧なものは、何ひとつないということです。▼[21]

「キリストより以上に美しく、深く、同情のある、理性的な、雄々しい、完璧なものは、何一つない」、ここにドストエフスキーの当時の信仰のあり方、すなわち人格神信仰が明示されている。人格神は、人と同じような感情、意志を持ち、行動する神である。ギリシャやローマの神々がよく知られているが、多神論に限ったわけではない。哲学的あるいは神秘的な思索によって形成された超越神と対をなす概念である。

ペトラシェフスキーが編纂したと言われる『ポケット外来語辞典』には、「神の観念は人間の人間自身の人格の神格化に由来する」とか、「幸福の秘訣はフーリエにある」とかの記載があったという（前掲、ピエール・パスカル、二〇頁）。ドストエフスキーはこれらを読んでいたのかもしれない。人格神信仰は一八三〇年代半ば頃、『イエスの生涯』を刊行して一躍ヘーゲル左派の領袖となったドイツの哲学者、デヴィッド・シュトラウスに起源を持つ。当時、西欧思想界に激しい賛否両論を引き起こした思想であった。シュトラウスは福音書の神話部分を除外して、人としてのイエスの人格の高潔さにキリスト教の基礎を求めた。

あるいは、ドストエフスキーはこのような西欧の思想系譜とは無関係に、かれの鋭敏な感性がイエスの人格の高潔さを発見し、人格神信仰へ到達したと考えた方が無難であろうか。

ドストエフスキーの人格神信仰は、かれの理想社会の建設の考えと結びついていた。この点はかれの前半生を考える時、重要である。イエスへの人格的敬愛は、個人の生活信条に止まらず、社会の一般成員へ拡張されて、空想的な社会改革思想へと発展したのである。ドストエフスキーはイエスの言行の中に、美しく、同情のある、理性的な、雄々しい完璧な人間の持つ美質を認めた。この美質の獲得が、一人ひとりの人間の人格形成を促すだけでなく、多くの人びとを捉えた時、社会の改革への途が開かれる。この考えはドストエフスキーの創見ではない。イエスへの信仰と改革思想とを結びつけたものは、フーリエであった。この点は研究書によって広く認められているが、一点だけドストエフスキーによって論証しておこう。かれがペトロパヴロフスク要塞に監禁された時、審問委員の尋問に、「(それは)人類愛のための思想であり、そこには憎悪といったものはありません」と述べている。ドストエフスキーの人格神信仰がフーリエの改革思想と結合しているのが認められる。

ドストエフスキーはかれが想い描いた理想の社会が必ず実現する、それも遠くない将来において実現すると確信していた。この確信は一人、ドストエフスキーに限らない。ペトラシェフスキーの会員に共通した見解であった。この〝確信〟があったればこそ、彼らは権力による弾圧を覚悟の上で、秘密活動に邁進したのである。――だが、彼らはその実現をあまりにも性急に見込みすぎたのであった。

さてここで、先にペンディングにしておいた「棺台の瞑想」のメモへ戻ろう。

著者は、前掲ピエール・パスカル『ドストエフスキイ』のほかに、ミドルトン・マリ『ドストエフスキー』、ボイス・ギブソン『ドストエフスキーの信仰』、ワルター・ニック『ドストエフスキー』を傍らにおきながら、本章を書き進めている。いずれの書もドストエフスキーの信仰を主題としたものであり、ニックを除き三著書は「フォンヴィージン夫人への手紙」も「棺台の瞑想」もかなりのページを割いて丁寧に論じている。しかし、四著のどこにも「人格神」、「超越神」という概念を用いてドストエフスキーの宗教を論じた部分がない。著者は宗教に関して深い関心を持つものの、いまだに信仰を得ていない。宗教に関しては門外漢の一人に過ぎない。

ドストエフスキーの信仰は妻、マリアの死を契機に変化した。「棺台の瞑想」の冒頭の一句がそれを明瞭にしてくれる。先に触れた部分ではあるが、いま一度引用すれば、「キリストの掟にしたがって、自分自身のごとく人を愛することは、不可能だ。地上における個性の法則が人を縛る。この我が妨げとなっている」とかれははっきり言い切っている。ここに、かれの新しい宗教観が明示されている。この断言には、人格神に見られたような神と人との交感がない。神と人とをつなぐ絆は断たれている。神は絶対的な存在として人に対峙している。人は、いかにしてもイエスの至高の愛の実践へは到達できない。ドストエフスキーのこの新しい宗教観を、著者は「超越神」信仰と規定したい。

なぜドストエフスキーはこの時期に、信仰の有りようを変えたのであろうか? ドストエフスキー自身はそれについて何も語っていない。だが、ドストエフスキーはメモに「四月十六日。マーシャ(=マリア)はテーブルの上に横たわっている。マーシャとまた会うことがあるだろうか?」と生の声を残している。必ずしも幸せな家庭生活を過ごした二人ではなかったが、そして必ずしも妻に優しい夫ではなかったが、それにしても最も身近な者に死なれて、ドストエフスキーは改めて人の死の重さ、厳粛さに打たれたのである。死という人の宿命が絶対的な神、超越神信仰へとドストエフスキーを向かわせたのである。

人格神信仰はかれをフーリエの社会改革思想へ導いた。では、超越神信仰はかれをどこへ導いたのであろうか? かれは、人格神信仰を基礎とした理想社会の建設を断念せざるを得なかった。イエスと共に新しい理想社会を建設することは、人にとって不可能である、何故ならば、人がイエスの至高の愛を完璧には実践できないからである。人の卑小さがそれを阻む。——では、どうすればいいのであろうか？
いままで社会へ向いていたドストエフスキーの関心は、方向を転じて自己自身へ、自己の内面へと向かう。外へ閉ざされた眼は内へ向かう。既に引用した部分ではあるが、メモは次のようにその転換を語る。

——人間が自分の個性に成し得る最高度の利用法は、いわばこの我をほろぼして、それ全体を無差別に無制限に誰にでも提供することだということを、人が発見し、意識し、自分の本性の全力をあげて確信するところまで、まさに到達しなければならないのである。そしてこれが最大の幸福である。このようにして我の掟はヒューマニズムの掟と融け合う——。

ドストエフスキーの関心が人間の内面へ向かっていることが分かるであろう。われわれ人間はイエス・キリストが実践した博愛精神に無限の努力を傾けて、無限に接近しなければならない、そして、この無限へ向かう姿勢が未来の理想社会の基礎となるであろう、とドストエフスキー述べている。四〇年代にドストエフスキーを捉えていたユートピア思想は、人間一人ひとりの〝我〟の克服、いわば精神的な自己変革へと転換した。この転換が、かれの創作活動に影響を及ぼさないはずはない。かれの人間観察は印象から真実へ、表層から深部へ、現象から形而上学へ進展している。かれの心理主義の手法は、人間の内面の洞察へ向かっている。著者はここに、ドストエフスキーの「魂の語り部」の誕生を見る所以である。

＊　＊　＊

「良心にしたがって血を流すこと」を決意した一青年が、二人の女性を殺害して、金を奪った。偶然が重なって、事件直後は無事に過ごしたのだが、やがて青年は夢にも思わなかった重大問題にぶつかる。罪を犯したための孤独感、「人類との断絶」に悩みはじめる――、周知の『罪と罰』の基本プロットである。この構想は『地下室の手記』が公表された翌年、一八六五年には出来上がっていた。この構想は、ドストエフスキーの関心事が人道主義、博愛主義から一青年の魂の苦悩の遍歴へと移りつつあることを証明している。「魂の語り部」としてのドストエフスキーの第一歩が記されたのである。

魂の語り部は心象風景を巨細に描くであろう。心の脈動を繊細に描くであろう。心理の不可思議な深淵さを鋭利に描くであろう。『地下室の手記』がドストエフスキー文学の創作過程で転換点をなすのは、ほかでもない、〝魂の語り部〟としてのドストエフスキーの誕生を表すからである。

註

第一章　「新しい村」造りの破綻

▼1　『ドストエーフスキイ全集』第十六巻、一八五四年二月二十七日、「兄ミハイルへ」、河出書房新社（以下『全集』）、一五八頁。
▼2　同上、一八五六年一月十八日、「マイコフへ」、一九四頁。
▼3　『全集』第二巻、「スチェパンチコヴォ村とその住人」、五頁。
▼4　前掲、第十六巻、一八五九年五月九日、「兄ミハイルへ」、三三一頁。
▼5　エルミーロフ『ドストエフスキー論』ソ研文学部会訳、一九五六年、一四一頁。
▼6　グロスマン『ドストエフスキイ』北垣信行訳、一五二頁。
▼7　カー『ドストエフスキー』松村達雄訳、七九頁。
▼8　中村健之介『ドストエフスキー人物事典』一一三頁。
▼9　『全集』第十六巻、一八五九五月九日、「兄ミハイルへ」、三三〇頁。
▼10　『全集』第二巻、「スチェパンチコヴォ村とその住人」、一一三頁。
▼11　同上、一二頁。
▼12　同上、一三頁。
▼13　『全集』第十六巻、一八四五年十一月十六日、「兄ミハイルへ」、九〇頁。
▼14　同上、九一頁。

▼15 『貧しき人びと』木村浩訳、新潮文庫、三四頁。
▼16 同上、三六頁。
▼17 『全集』第二巻、「スチェパンチコヴォ村とその住人」、一五頁。
▼18 『全集』第十六巻、一八五六年十一月九日、「兄への手紙」、二四一頁。

第二章 ナロードから学ぶ

▼1 グロスマン『ドストエフスキイ』北垣信行訳、一〇八頁。
▼2 『全集』第十四巻「作家の日記」、一六二頁。
▼3 同上、一六一頁。
▼4 『白痴』上巻、木村浩訳、一〇九頁、新潮文庫。
▼5 同上、一一〇頁。
▼6 清水孝純『道化の誕生』一四一頁。
▼7 アンリ・トロワイヤ『ドストエフスキー伝』村上香住子訳、一二六頁。
▼8 志水速雄『ペテルブルグの夢想家』三五〇頁。
▼9 『全集』第十六巻、一八四九年十二月二十二日、「兄ミハイルに」、一四一 - 四二頁。
▼10 同上、一三九頁。
▼11 同上。
▼12 同上、一四二頁。
▼13 『全集』第十四巻、「作家の日記」、一六一 - 六二頁。
▼14 『全集』第十六巻、一八五四年二月二十二日、「兄ミハイルへ」、一四七頁。

▼15 『死の家の記録』望月哲男訳、五〇二頁。
▼16 『全集』第十六巻、一八五四年二月二十二日、「兄ミハイルへ」、一四七頁。
▼17 『全集』第四巻、九三頁。
▼18 同上。
▼19 『全集』第十六巻、一八五四年二月二十二日、「兄ミハイルへ」、一五〇頁。
▼20 同上、一五一頁。
▼21 前掲、望月訳、五六一頁。
▼22 アントン・チェーホフ「サハリン島」神西、池田、原共訳、三一二頁。
▼23 『全集』第四巻、「死の家の記録」、九五頁。
▼24 同上、二二一頁。
▼25 同上、六九頁。
▼26 同上、二二一頁。
▼27 同上、二九〇頁。

第三章 「土地主義」宣言

▼1 『全集』第十六巻、一八四七年一月〜二月、「兄ミハイルへ」、一一四頁。
▼2 同上、一一七頁。
▼3 グロスマン『ドストエフスキー全集 別巻 年譜』一四七 - 四八頁。
▼4 同上、一四九頁。
▼5 『全集』第十六巻、一八五八年九月十三日、「兄ミハイルへ」、三一九頁。

▼6　同上。
▼7　『全集』第二十巻、「土地主義宣言」、一七〇頁。
▼8　外川継男『ゲルツェンとロシア社会』九七頁。
▼9　『全集』第二十巻、「土地主義宣言」、一七〇頁。
▼10　同上、一七〇‐七二頁。
▼11　同上、一七一頁。
▼12　同上、一七二頁。
▼13　コマローヴィチ『ドストエフスキーの青春』中村健之介訳、九四頁。
▼14　『全集』第二十巻、一七二頁。
▼15　同上、一五頁。
▼16　同上、一一頁
▼17　グロスマン『ドストエフスキー　年譜』二〇四頁。

第四章　西欧との別れ

▼1　外川継夫『ゲルツェンとロシア社会』一五二頁参照。
▼2　グロスマン『ドストエフスキー　年譜』一九〇頁。
▼3　『全集』第十四巻、「作家の日記」、三〇頁。
▼4　同上。
▼5　『全集』第五巻、「夏象冬記」、三五一‐五二頁。
▼6　同上、三七九頁。

▼7 同上、三八三頁。
▼8 アンリ・トロワイヤ『ドストエフスキー伝』村上香住子訳、二一七頁。
▼9 『全集』第十六巻、一八六二年六月二十六日、「ストラーホフへ」、四一八頁。
▼10 ゲルツェン『向う岸から』外川継男訳、七〇頁。
▼11 『全集』第五巻、三五八頁。
▼12 高野雅之『ロシア思想史』六〇頁参照。
▼13 同上、六二 - 六三頁。
▼14 同上、六六頁。
▼15 『全集』第五巻、三五六頁。
▼16 同上、三七五 - 七六頁。
▼17 同上、三七七 - 七八頁。
▼18 同上、三九〇頁。

第五章 「魂の語り部」の誕生

▼1 ドストエフスキー『地下室の手記』安岡治子訳、光文社古典新訳文庫、八頁（以下断りがない限りは安岡訳）。
▼2 同上、一一頁。
▼3 同上、一二 - 一三頁。
▼4 同上、一五 - 一六頁。
▼5 この引用は新潮文庫、江川卓訳、三二 - 三三頁。
▼6 安岡訳、四四頁。

▼7 江川訳、三三頁。

▼8 安岡訳、四三頁。

▼9 ウラジーミル・ナボコフ『ロシア文学講義』小笠原豊樹訳、一四六頁。

▼10 同上、一四七頁。

▼11 中村健之介『ドストエフスキー・作家の誕生』二二〇頁。

▼12 亀山郁男『新訳　地下室の記録』二三五頁。

▼13 ドストエフスキー『地下室の手記』安岡治子訳、四〇頁。

▼14 江川訳、三一頁。

▼15 渡邊二郎編『ニーチェ・セレクション』一四六頁。

▼16 『全集』第十六巻、一八六四年四月二日、「兄ミハイルへ」、四六五頁。

▼17 同上、一八六四年四月五日、「兄ミハイルへ」、四六八頁。

▼18 同上、一八六四年四月一三日、「兄ミハイルへ」、四八〇頁。

▼19 ピエール・パスカル『ドストエフスキイ』川端香男里訳、一五八頁。

▼20 『全集』第十六巻、一八五四年二月下旬、「フォンヴィージン夫人へ」、一五五頁。

▼21 同上、一五五頁。

一活動家の半生――「あとがき」にかえて――

一九六九年夏の昼下がり、東京水道橋の狭苦しいアパートの一室に、二十名近い若者が、熱のこもった、しかし一様に声をひそめた議論を続けていた。議論は既に数時間を経過したのだが、みな沈痛な面持ちで発言が続いていた。この会合は、東京の東部、中央、西部、三多摩を代表する地域代表者会議であった。そのうち、学生は三分の一、あとは現役の労働者で、「ルンプロ」（＝ルンペン・プロレタリア。定職を持たない半専業活動家）を自称する中年の男性が、司会役であった。議論はただ一点を巡り、時間の経過につれて混迷を深めていた。

日本の新左翼運動に一定の役割を果たした共産主義者同盟（ブンド）が過去の運動の総括を巡って、戦旗派、叛旗派、ＲＧ等々に四分五裂した時、岩田弘が主張する「世界革命」論に共鳴した者たちが、ささやかな政治集団を結成した。この集団は自らを革命の前衛であると自負して、「前衛派」と名乗った。岩田は宇野マルクス経済学の流れを汲む人物で、その持論は経済恐慌待望論と言われていた。

金融資本の世界的な破綻が勃発した時が、日本のみならず、世界的な連続した大革命の好機となる、と主張して一部若者に人気があった。

平穏な日々が続く今日の日本の現状を前提にすると、「革命」だの「前衛」だのという語彙はいかにも空疎な感じを否定しがたい。しかし一九七〇年前後の日本の政治、社会状況は今日とは全く異なり、混乱と混迷を極めていた。それに呼応するかのように学生運動、労働運動、市民運動は敗戦後最大の高揚を実現した。当時の反権力闘争には、「革命の前夜」を思わせるような緊迫感が溢れていた。試みに、当時の大きな反権力闘争を新聞の「見出し」風に列挙してみれば、

六八年十月二十一日：10・21国際反戦デー、新宿駅一帯、フォークゲリラ占拠
　十一月二十二日：東大、日大闘争勝利に向けて全国学生総決起集会
六九年一月：東京大学安田講堂を巡る学生と機動隊の死闘
　四月二十八日：沖縄奪還闘争、学生、青年労働者が機動隊と武力闘争
　九月五日：全国全共闘会議、結成
七〇年三月三十一日：赤軍派による日航機ハイジャック、田宮ら北朝鮮へ向かう
七一年二月：成田空港建設反対闘争で、農民・学生が機動隊と激突
七一〜七二年：連合赤軍事件、十四名の同志虐殺
七二年二月：連合赤軍による軽井沢銃撃戦

安田講堂攻防戦や軽井沢銃撃戦はテレビのアーカイヴで熾烈極まる闘争の実情を見た方も多かろう。七〇年前後の数年間は、実に戦後日本が根底から揺らぎ、「革命の前夜」の様相が実現したのであった。だが、学生・青年労働者が街頭で機動隊と熾烈な闘争を展開している裏面で実は、各セクトの間で陰湿な「内ゲバ」が進行していた。一口に新左翼といっても各セクトが依拠する思想、理論の相違に応じて、八派とも十六派とも三十二派とも言われる小党派が乱立していて、各セクトは自派の「絶対正当性」を主張して他党派の誤りを口汚く非難し合っていた。他党派非難は各セクトが発行する機関紙・誌で公然と行われる限り大きな問題はなかったが、内ゲバによる抗争となると、次元を異にする。

近年内ゲバは死語に近い。内ゲバの「ゲバ」とはドイツ語の「ゲバルト」に由来する語で、暴力を意味する。内ゲバの「内」は、国家権力と対峙する反体制総体を指している。つまり本来は「味方」であって、仲間内なのである。内ゲバは各党派が暴力を行使して、他派の首脳部、あるいは目立った活動家に武器で襲撃し、その者の四肢を鉄パイプで滅多打ちにするとか、あるいは殺害する。内ゲバを遂行するために、各セクトは組織の内部に軍事部門を設けていた。その実行部隊はハンマー、手斧、ナイフはもちろん、金梃子やのこぎり、縄梯子まで用意して、厳重に囲われた相手アジトを襲撃した。襲撃を受けたセクトは組織の威信をかけて、仕返しの襲撃を行う。本来仲間内であるべき組織が、血を血で洗う凄惨なリンチ、殺戮が繰り返された。

新左翼諸派の反権力闘争は回を重ねるにつれて、大量の逮捕者を出した。逮捕された者は長期の拘留を余儀なくされた。反権力闘争を担う諸派の活動は下降線をたどり始めた。一九七〇年の初頭である。それに応じるかのように、各セクトは内ゲバに活動を集中させた。一時期、新左翼の行動力に期待を寄せた世論は、テレビや新聞で報道される内ゲバの凄惨な様子に、反感を抱き新左翼から離れていった。

前衛派へ話を戻そう。前衛派は内ゲバにどのように対応したのであろうか。結論から先に記せば、実にバカバカしい戦術を決定したのであった。

内ゲバは中核派対革マル、中核派対社青同解放派といったように中核派が主軸となって展開される場合が多かった。前衛派は、こうした中核派の行動は革命陣営に混乱をもたらし、権力側を利する結果となると判断した。そこで前衛派は実力をもって中核派を排除する、簡単に言えば、内ゲバで中核派を倒そうという方針を全組織で決定した。内ゲバの弊害を内ゲバをもって根絶するというこの方針自体、矛盾に満ちた内容であった。だがこれは表向きの方針であって、そこには裏の狙いがあった。

弱小党派であった前衛派は組織の拡大が至上命題であった。組織拡大、その手っ取り早い成果は、学生を獲得することであった。当時前衛派は立正大学で自治会をわずかに握っていたが、それ以外に拠点校がなかった。そこで、中核派が全学部を支配している法政大学に狙いをつけて、法政に橋頭堡を築き、そこを拠点にして、学生へのオルグをしようと考えたのであった。

前衛派のこの方針に終始反対した者がいた。その者は藤倉であった。その頃藤倉は出版界に職を置いて、出版業界の組合活動に専念していた。中央公論社、光文社、新興出版、東京書院、鎌倉書房等の闘争の支援に奔走していた。他方で、出版界の青年労働者をベトナム反戦運動へ結集するために、「出版反戦青年委員会」（出版反戦）を組織して、その指導にも責任を負っていた。出版反戦は当時の状況の中で、一定の力量を発揮した。「アメリカはベトナムから手を引け！」の反戦シュプレヒコールが昼デモ（昼休みを利用したデモ）と共に神田一円に響いた。

出版反戦に結集した仲間は、みな内ゲバには絶対反対であった。これは、言論界に身を置く者として当然の結論であった。〝言論は熾烈に闘うべし、ゲバルトをもって相手組織を封鎖するなかれ〟、これが出版反戦の合言葉であった。暴力をもって相手組織を封殺すれば、いずれ、必ず自らの組織・運動が腐敗する。内ゲバは組織にとって自殺行為である。藤倉は個人の信条においても内ゲバには断固反対であったが、前衛派の対中核派闘争の方針には、殊に一貫して反対した。この方針には闘いの展望が欠けていたからだ。

法政大学は中核派にとって高崎経済大学と並んで、最重要拠点校であって、これまで他の党派はそこに干渉することはできなかった。弱小の前衛派が闘う相手としては、中核派はあまりにも強大であった。前衛派は学生を安易にオルグの対象とするのではなく、地域の中小未組織労働者や山谷に住む日雇い労働者を組織すべきだ、と藤倉は主張した。

冒頭に記した地域代表者会議は、藤倉が一定の大衆組織を背景に発言しているので、辛抱強く、時間をかけて説得に当たったたのは事実であった。法政大での対中核派闘争には、前衛派の命運がかかっていた。それだけに、各代表者の発言は真剣であった。しかしこの議題には妥協とか譲歩の余地はなかった。党組織が決定した方針を断固貫徹するか、さもなければ全面撤回かであった。

地域代表者会議の議論はだいぶ前からデッドロックに乗り上げていた。代表者会議は藤倉に最後の決断を迫った。党の決定に全面的に従うか、さもなければ党からの追放という二者択一である。ここにいたって藤倉は万策尽きて、「反対の意見を保持しつつ党の決定に従う」との妥協を選んだ。藤倉にとってはまことに辛い選択であった。

大学が夏休みに入った時期を狙って、八月の某日午後、闘争は敢行された。竹やり、ゲバ棒で武装した前衛派戦闘部隊が、法大六角校舎や自治会室を襲撃した。藤倉は戦闘部隊に加わらず、レンタカーを使って飯田橋の土手沿いを巡回する偵察任務に当たたった。中核派はなんら抵抗することなく退却した。戦いはあっけなく勝利した。前衛派の部隊三百名は鬨の声を上げながら、中庭で勝利集会をもった。一時間が経過した。その時、集会の前方に白ヘル、ゲバ棒の五十名くらいの部隊が中庭に向かって突進してきた。中核派の逆襲である。しかしこの手の逆襲は前衛派は予測していた。「よし、あの程度の部隊なら殲滅してしまえ」、前衛派はこう考えて中核派に襲いかかった。この時、法政大の裏山の方から、歓声とともに、大勢の部隊が前衛派を背後から襲った。中核派のこの狭撃作戦に、前衛派部隊はあっと言う間に蹴散らされた。藤倉はレンタカーで、負傷した仲間を東京医科歯科大学へ搬送した。

ほぼ一カ月後、敗北に終わった対中核派闘争の総括会議が持たれた。会議は主要メンバーによって、事前の打ち合わせが済んでいたらしい。藤倉は、敗北の根本原因は内ゲバによって党勢拡大を図ろうとした点にあると、指導部を厳しく批判した。この批判に対して、指導部は、党が強固な団結を獲得できなかった、そのために勝てる闘いに敗北したのである、と応えた。そして、一貫して党の方針に反対した者が、確固とした団結の実現を妨害したのであると藤倉を批判した。指導部のこの反論は、事前に仲間内で共有されていたらしい。この会議は敗北した闘争の総括会議というよりは、藤倉に対する「査問会議」として仕組まれていた。

総括会議は根本的な原因の究明を回避して特定個人に責任を負わせて、事態を糊塗する卑劣にして、姑息な手段に出た。こうした手法は、組織の根底が危機にさらされた場合露骨に現れる。藤倉は偵察活動と称してレンタカーの中にいたが、実はそれにより闘争をサボタージュしたのである、これは明らかに敵前逃亡であり、結果として敵を利する利敵行為である等々、藤倉に対する指導部の個人攻撃は止まるところがなかった。そして指導部は、結論として藤倉を党から排除する、ただし、藤倉は党組織の細部にわたって知る立場にあった点を特に重視する時、その者を組織外に放逐するだけでは足りない、その存在を抹殺する以外にない、と言い切った。

「なに？　その存在を抹殺する？」、この余りにも飛躍した結論に藤倉は唖然とした。「それじゃ〜、俺を粛清しようというのか？」、藤倉は声にならない呻きとともに、その一語をかろうじて口から吐いた。ややあって、藤倉は「殺せるものなら、殺してみろ！　一人の人間を抹殺することが、組織にとってどれほどの重荷になるか、想像すらできないのか」と怒りをこめて叫んだ。と同時に藤倉は大声を上げて泣きだした。人前も恥じず、置かれた立場も忘れて、長い間慟哭した。命乞いのために泣いたのではない。革命を豪語する者たちがこの程度の浅はかな知識しか持ち合わせていない、その想像力の欠如に衝撃を受けたのだ。事柄の本質的な究明を怠り、姑息な手段によっていわば臭い物に蓋をする程度の浅はかな思考力、洞察力が、この指導部のそして組織の実情なのであった。これは前衛派に限ったことではなかった。内ゲバに狂奔する新左翼諸党派に共通して見られることであった。

この会議があってから数カ月というもの、藤倉は虚脱状態で過ごした。勤務があり、妻がそばにいてくれる、それが藤倉をかろうじて支えてくれた。だが時間の経過と共に、あの会議での衝撃は徐々に薄れてきた。そして、新左翼の観念の〝先走り〟という共通した弊害について考え込んだ。新左翼は一九五〇年代後半に思想集団として発足して以来、知識人、学生が中心となって活動が進められてきた。このことが、新左翼の観念先行の体質を規定している。いわゆるプチブル急進主義（内容不明で使いたくない用語だが）である。日本の労働運動が階級闘争の本道を歩み、社会の一大勢力として力を発揮するまでに成長したならば、新左翼の観念の〝先走り〟は、労働運動が自ずとコントロールするのではあるまいか。そこまで考えた時、ようやく一つの展望が、開けた。賃金闘争、職場改善闘争等を踏まえた上で、階級闘争の筋を通す組合作り、藤倉はここに活路を見出した。

藤倉は都内のある生産工場、T社へ履歴詐称（大卒を告げずに、中卒資格で）で入り込んだ。その会社には組合がなかった。当時、どこの職場でも組合活動は不活発であったし、まして組合のない職場は会社側の労務管理が徹底していた。入社してすぐに組合作りが始められるような職場環境ではなかった。まずは仕事を覚え、職場を休まず、遅刻せず、残業も人並みにこなして職場で信頼を得る、第一歩はそこから始まった。現場の労働者は、仕事振りを見た上で人物評価をする。藤倉は夜分は、解雇撤回闘争を闘う仲間の支援活動に参加し、あるいは学習会に参加し、昼間は職場で一工員としてまじめに仕事に励んだ。そんな生活が三、四年続くなかで、組合作りの中心になりそうな現場の仲間ができはじめた。言うまでもなく会社には悟られないように用心しながら、中心となる仲間と組合作りの討論ができるまでになった。同時に、藤倉は会社の内情についても調査を始めた。社長をはじめとして会社役員の個人調査、会社の経営状況、金融関係、大口の取引先等々を丹念に調べた。また、仲間を中心にして、組合の名称、規約、役員の選定等の作業も進めた。

六年目の五月連休明けのある日、上部団体の「総評全国一般」の専従オルグと私たち組合三役が昼休みの時間を利用して、会社の総務部長に会い、「組合結成通告書」と社長出席の下での「団体交渉申入書」を渡した。会社はさして驚いた様子を見せず、「社長は今海外出張中なので、出社しだい通告書と申入書を検討する、それまでこの文書はお預かりするだけにしたい」との返事であった。この時の会社側の対応が、予期に反してわりに柔軟な点が、今に至っても強い印象として残っている。われわれの予測では、文書の受け取り拒否、組合「首謀者」の即刻解雇もありうると考えていた。会社側の柔軟な対応に、われわれはホッとした感じと同時に、「幸先がいいぞ」とも喜んだ。その日の終業時に、会社正門前で、われわれの組合は五十名を超える仲間を結集して、組合旗を掲げて、大胆に組合加入を呼びかけた。

会社側の反撃はすぐに始まった。一週間もしないうちに、会社は事務系職員を中心にした第二組合をでっち上げた。そして、われわれの組合（第一組合）を〝赤〟呼ばわりして、「奴らは会社を倒産させようとしている」、「藤倉は総評の手先だ」等を大々的に宣伝し始めた。第二組合は早速、社員食堂の一部改善やら、女子トイレの改修などを会社側に申し入れるなど人気取りに走った。第一組合は職場でのビラ入れなど様々な工夫をこらして、懸命な説得を重ねて、第一組合への加入を試みた。

このT社は業界では二番手の大手であったが、現業八百名、事務、営業、技術、地方工場含めて、千名を少し超える中規模の会社であった。第二組合の結成、第一組合の切り崩しという手法は中小企業でよく見られる組合対策ではあるが、T社がこれほど素早く第一組合の切り崩しに出るとは、われわれは予想していなかった。会社側はわれわれの組合作りを事前に察知していた節がある。われわれはあっという間に、少数組合へ転落した。結成後半年経って、第一組合に踏みとどまったのは、大卒出の技術畑の仲間を中心にした数十名程度であった。それにしても、〝現場労働者の変わり身〟の早さには驚かざるをえなかった。組合の結成以来、職場で藤倉に近づいたり、話しかけるものはいなかった。みな、硬い表情を見せて距離をとってしまう。「おはようございます」と声をかけても、返事の挨拶はなかった。これは、藤倉は予想していたし、覚悟はしていた。だが我慢できないほど藤倉を落胆させたのは、組合作りに熱心に協力してくれ、藤倉も信頼していた現場の数名の仲間の動静であった。彼らは躊躇いも見せず、早々に第二組合へ加入したのであった。人としての信頼を裏切られたという以上に、藤倉にとっては、労働者一般の本性を見せ付けられた事態であった。労働者は利に聡いとか、大勢を見るに敏であるとかいう綺麗ごとでは済まされなかった。これは、労働者の見下げた日和見根性の見本とも言うべきものであった。

五月に結成した第一組合は、会社側の切り崩し工作に遭って、わずか三十～四十名の少数組合に転落した。結成一周年の集会では、大卒出の技術系の仲間十名ほどの組合になってしまった。このような急転落には、当然、藤倉をはじめとした一組活動家の拙劣な組合活動が付随したのであるが、自己批判も含めた詳細なその分析は本文にそぐわないので省略する。

マルクスは、「プロレタリアートは救済の対象ではない、解放の主体である」と揚言し、資本主義体制を止揚して、新たな世界史的な社会構成体制を建設する大役を労働者階級に与えた。しかしこの世界史的な歴史展望は、一人の天才的な頭脳が描き出した理想図式に過ぎなかった。マルクスは理念としてのプロレタリアートを示したまでなのである。マルクス存命の十九世紀中葉にはもちろん、二十一世紀の今日においても、「解放の主体」としてのプロレタリアートは遺憾ながら世界中どこにも存在しない。

凄惨、陰湿な内ゲバを繰り返す新左翼諸セクトの不毛な活動状況を改革できるのは、階級闘争の筋を踏まえた力強い組合活動にある、この信念の下に工場へ入った藤倉ではあったが、その志はあっけないほど簡単に崩れてしまった。マルクスが描いた理念を「現実」と思い込んだ藤倉は、現場労働者から実に手厳しい教訓を与えられたのであった。藤倉がT社に止まって、活動すべき事情はなくなった。

少数組合として一定程度職場に定着してしまった組合は、藤倉には惹きつけるものがなかった。だが、藤倉には、気軽に転職に踏み切れない事情があった。藤倉の説得に応じて一組に踏みとどまっている数名の仲間がいた。彼らは、会社側の懐柔や嫌がらせの切り崩しに屈せず頑張っている仲間であった。組合結成の先頭をきって活動してきた藤倉には、彼らに道義上の責任があった。組合結成という事情がなかったならば、彼らは組合とは無縁な生き方をしたに違いない、その仲間を裏切ることは、一個人の良心の点からしても重大であった。藤倉は自分の心情を整理しきれずに、長いこと悩んだ末に、組合作りと仲間への裏切りという二重の敗北感を抱いて、T社を去った。仲間に対する裏切りという慙愧の想いは、藤倉を長く苦しめた。半世紀を経た今日においても、夜中ふと目を覚まして、考え込むことがある。

藤倉はその時、四十歳の半ばを超えていた。学生時代に始まった反権力活動は四半世紀を超えていた。藤倉は精神面でも、肉体面でも落ち着いた生活を欲していた。長い間妻の収入に支えられて活動を続ける「妻食主義」も清算すべき時期であった。友人の弁護士に紹介されて（株）学校警備に転じたのはその時であった。

（株）学校警備は埼玉県との契約による県立高校の夜間警備を業務としていたが、その実態は、埼自労（埼玉自治体労働者組合）によって、組合の管理下にあった。「組合管理」というと労働運動の先端を走る印象があるが、その実体は、賃金の配分を除けば経営者が行う経営方針と変わるところのない、企業存続のための保守的なものであった。勤務は、ウイークデーは夕方五時から翌朝八時半まで、警備員室に待機している警備員には潤沢な読書時間があった。そのため、この会社には司法試験に挑戦する者が多数いた。藤倉は司法試験には興味はなかったが、読書時間が欲しかった。四半世紀になる自分の活動歴を見直して、新たな生活の指針を確立する十分な時間が欲しかった。

これまでの生活では時間に制約があってゆっくり読めなかった大部の書籍が目前に山積していた。まず、マルクス・レーニン主義についての批判的考察の作業を始めた。次いで、ドストエフスキーを読み始めた。前者については、『民族問題とレーニン』として公刊した。この拙著は、少数民族は大民族に併呑されるべきだとするレーニンの民族政策を批判したものであった。この仕事を通して、藤倉はマルクス主義から離れた。藤倉がマルクス主義から離反した時期が、ポーランドをはじめ東ヨーロッパ諸国が社会主義圏から離脱した時期と重なっていたのは、偶然の一致に過ぎない。しかし藤倉は歴史の変化、時代の流れを体のどこかで感じ取っていたに違いない。

藤倉は以前の活動期間中に、数回逮捕され、東京拘置所に長い間拘束された時があった。その機会を利用して、ドストエフスキーの大著をまとめて読んだ。なかでも、『死の家の記録』は軍事監獄でのドストエフスキーの苦労が、身近に感じられて興味深く読んだ。だがそれ以上に、殺人犯ラスコーリニコフの心理を克明に描いた『罪と罰』は、藤倉の精神を激しく揺さぶった。藤倉はこの時はじめて、〝実存〟という問題を介してドストエフスキーを知った。藤倉は警備職の空き時間を使って、ドストエフスキー全集をじっくりと読むことができた。全集を読むに当たっては、「ドストエーフスキイの会」の友人たちから多大な助言をいただいた。「会」の皆さんにこの場を借りてお礼を申し上げたい。

難解な書『悪霊』の主人公ニコライ・スタヴローギンが藤倉の心を捉えた。この男は深いニヒリズムに冒されていて、倦怠と幽愁の日々を送っていた。生きる目的を失い、生きる意欲も失ったこの男は、思想的な混乱、心理的な混迷に苦しむ藤倉の現状と二重写しになった。藤倉は五年かけて『悪霊論——自我の崩壊過程』を書き上げた。二〇〇二年夏のことである。その頃藤倉は、自分が理論上、思想上どこに位置しているのかそこを究明したくて夢中になって読書に励み、ノート作りにも精を出した。マルクスが若々しい筆致で書いた『ヘーゲル法哲学批判』の一文に感銘を得て、マルクス主義者としての第一歩を踏みだした藤倉は、四半世紀後の今、唯物論を捨てて、観念論へ移ろうとしている。昭和十年代ならば、「転向」と非難されたであろうが、いまや「転向」は死語になっている。とはいえ、世界観や人生観の一大転換はいつの場合でも、人間にとって重い、重い課題ではある。

＊　＊　＊

一九七三年一月、連合赤軍のリーダー、森恒夫が東京拘置所で自殺した。七〇年のその年、新左翼諸党派は政府打倒を目指して、全国の活動家に〝首都結集〟を呼びかけた。この呼びかけに応えて関西ブンド三十数名が田宮高麿に率いられて東京へ来た。かれらはブンドのよしみで「出版反戦」の集会に参加し、藤倉との個別の交流も生まれた。藤倉は一時期森恒夫と活動を共にした。その頃彼はアジ演説も不慣れな駆け出しであった。その森が、七二年に群馬県の山岳ベースで同志十四名をリンチ殺害した。あの気弱で、小心な男が殺害の指揮をしたのである。藤倉には当初、新左翼を貶めるデマ・ニュースではないかとさえ思えるほど信じがたい報道であった。なぜ森は殺害にまで走ってしまったのであろうか？　連合赤軍事件は、回想風の文体で扱うにはあまりにも重大で、深刻な問題を内在させている。別稿を予定する以外にはない。ただ一点この場で指摘しておこう。連合赤軍事件は政治の次元で分析しても真の批判には至らない。社会変革に関わる個々人の主体的な問題として、つまり思想問題として究明されなければならない。社会変革の事業の進展は、個々人の人間としての成長と軌を一にするものでなければならない。新左翼諸党派に共通する急進主義は〝自己絶対化〟という思想基盤に依っている。この自己絶対化を突き崩し、切り崩さない限り、連合赤軍の悲劇は繰り返される。自己絶対化を突き崩す、この作業は個々人の内的な自己成長以外にあるまい。

二〇二三年八月五日

藤倉孝純

［著者略歴］

藤倉孝純

1937年、東京都生まれ。1962年、中央大学法学部卒業、同年早稲田大学文学部学士入学。在学中、60年安保闘争に参加、以後70年安保闘争、全共闘運動に参加。「現状分析研究会」、「ヘーゲルを読む会」に会員として参加。現在、「ドストエーフスキイの会」会員、「伊東市国際交流協会」会員。主な著作に、『神なき救済ドストエフスキー論』（社会評論社、1996年）、『悪霊論』（作品社、2002年）、『高橋たか子』（彩流社、2017年）。

魂の語り部　ドストエフスキー

2023年12月8日初版第1刷印刷
2023年12月15日初版第1刷発行

著者———藤倉孝純

発行者———青木誠也
発行所———株式会社作品社
〒102-0072　東京都千代田区飯田橋 2-7-4
Tel 03-3262-9753　Fax 03-3262-9757
https://www.sakuhinsha.com
振替口座　00160-3-27183

本文組版——有限会社吉夏社
装丁———小川惟久
印刷・製本—シナノ印刷（株）

ISBN978-4-86793-012-0 C0098